W9-BFC-063
¡HOLA, PERRITO!
¡Ohhhhh!
¡QUÉ MONO! ¡Ohhhhh!
¿Qué? ¡NO!
¿Lo veis? ¡Dicen que soy MONO!
NO eres mono.
¡QUÉ VA!
TENGO que practicar más el paso y la mirada de ZOMBI. Fijaos…
Allá va… ¿Listos?
¡OJOS! ¡DIENTES!
Primero, a babear. ¡Luego, a enseñar los colmillos! ¡Mirada de ZOMBI! ¡Pasos y gruñidos de ZOMBI! ¡Más babas! ¡Más gruñidos!
¿Qué tal? ¿Doy MIEDO o no?
¡Así se hace, Stan! Lo has clavado.
No está mal, Stan.
¡Gracias, amigos!
¡Estoy mucho más animado!
Y muy CONTENTO.
¡¡AHHH!!
¡QUÉ ESPANTO!
¡Vaya cara!
No he perdido mi toque, no…
FIN

3.ª edición

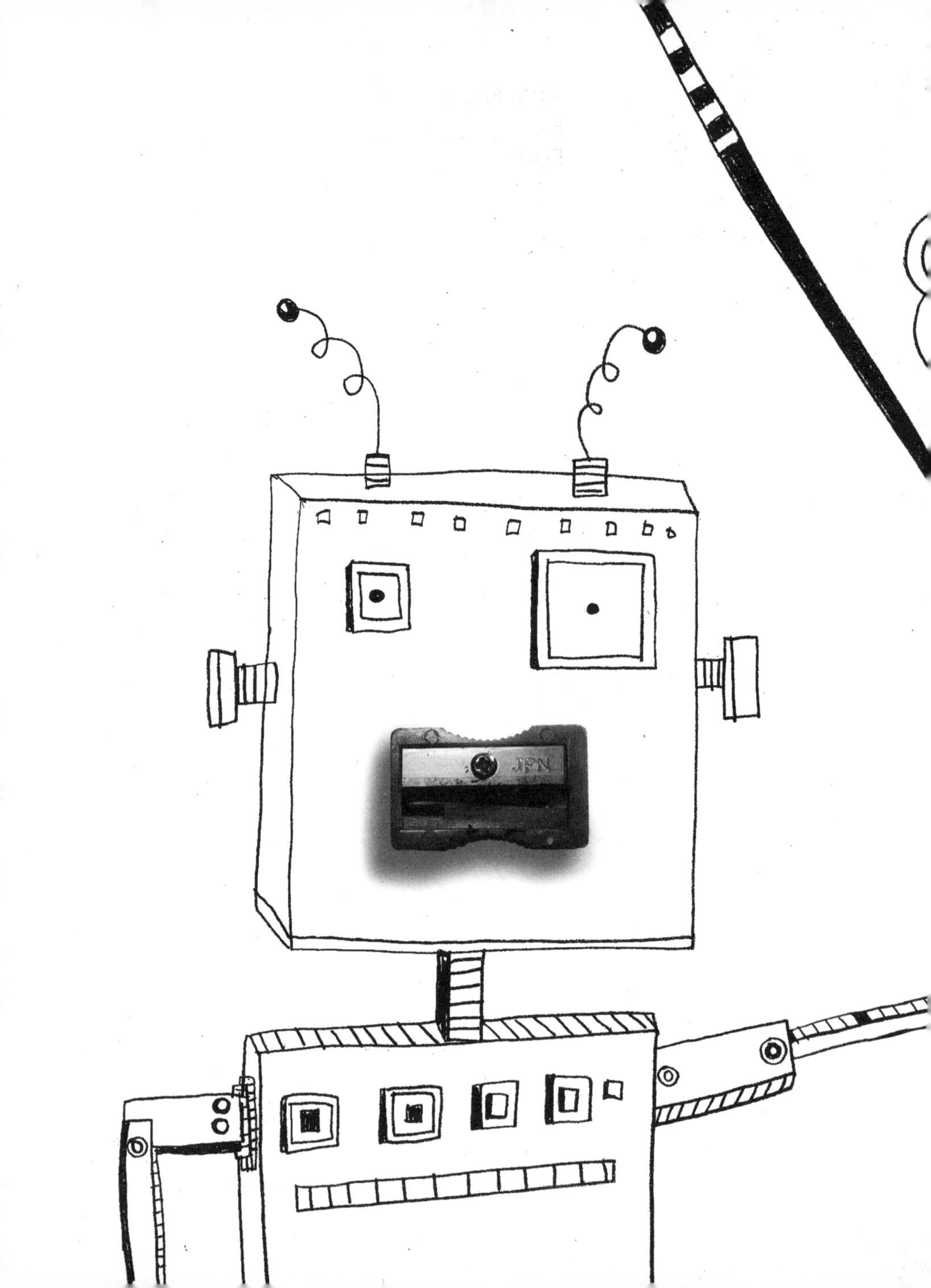
JPN

TOM
¡GENIAL!
¿O NO?
(No lo sé...)
Bruño

¡JA!
¡JA! ¡JA!

¡GENIAL!

(No lo sé...)

Liz Pichon

(Que casi nunca tiene problemas para decidirse).

Bruño

Título original: *Tom Gates – YES! NO. (Maybe...)*
publicado por primera vez en el Reino Unido
por Scholastic Children's Books,
un sello de Scholastic Ltd

Juan Ignacio Luca de Tena, 15
28027 Madrid

Dirección del Proyecto Editorial: Trini Marull
Dirección Editorial: Isabel Carril
Coordinación Editorial: Begoña Lozano
Edición: Cristina González
Preimpresión: JV, Diseño Gráfico, S. L.

1.ª edición: 2015
3.ª edición: 2017

ISBN: 978-84-696-0453-3
D. legal: M-28797-2015

Printed in Spain

www.brunolibros.es

Este libro está dedicado
a la maravillosa Penny Dann ♡,
que ilustró un montón de obras
fantásticas. (Y a ella también
le gustaban los perros salchicha).
perro salchicha

bicho ocupado
Así de ocupado estoy yo.

Normalmente no tengo problemas para decidirme,
SOBRE TODO cuando se trata de comida.
¡Mío!
Pero esta mañana lo he tenido más CRUDO,
porque ayer vino mi abuela
con algunas COSITAS RICAS.
¡VIVA!
Por ejemplo, un LOTE de MINICAJAS de
CEREALES de mi marca
PREFERIDA.
¡Gracias, abuela!
Lacitos de coco

También trajo otras cosas menos apetitosas.

Nada menos que DOS bolsas de PATATAS con sabor a **ALGAS** y MADERA

y un BOTE de algo RARO bañado en *almíbar*.

«Siempre me olvido de que al abuelo se le PEGAN las patatas a los dientes», me dijo la abuela (cosa que yo no necesitaba saber). —Ah.

«Y he pensado que a lo mejor a TI te gustarían, Tom», añadió antes de dármelas.

Tuve que esforzarme a tope para no poner cara de «PUAAAAJ, qué asco». Lo que hice fue decirle que TENÍA que dárselas a Delia.

La abuela dijo que soy muy buen hermano.

(Y yo estoy de acuerdo). Sí. Ha salido todo GENIAL.

Los CEREALES son MÍOS. Delia se queda con las PATATAS y mis padres se pueden quedar con las *cosas en almíbar.*

He escondido los cereales detrás del armario para asegurarme de que nadie se los coma antes que YO.

Total, que esta mañana he bajado a la cocina muy tempranito para echar un OJO a los distintos paquetes de cereales.

Y ahora no puedo decidir CUÁL de ellos me comeré ANTES. Quito el envoltorio transparente

y hago UNA GRAN TORRE DE CEREALES

mientras lo voy pensando.

Al final me decido por los... lacitos de coco.

Ya estoy a punto de cogerlos cuando...

DE REPENTE, DELIA aparece de la NADA ¡y ME QUITA MIS CEREALES!

«Si no te importa...».

«¡SON MÍOS! ¡DEVUÉLVEMELOS!», grito.

«ESO LO DIRÁS TÚ!», replica Delia mientras abre el paquete.

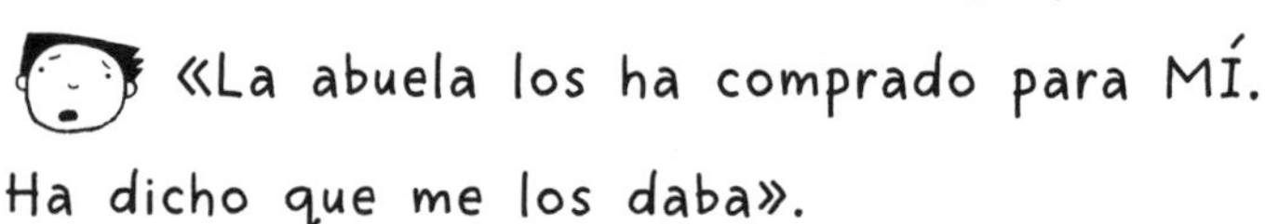

«La abuela los ha comprado para MÍ. Ha dicho que me los daba».

«Todavía te quedan CINCO paquetes, Tom. No pasa nada porque me coma este».

«¡SÍ que PASA!», le digo, AGOBIADO.

«Ya verás como NO. Atiende».

Y Delia empieza a llenar de LECHE

el bol de cereales.

Luego levanta MUY ALTO el bol para que yo no llegue.

«Este va a ser mi desayuno, y tú no puedes hacer nada».

Pero se EQUIVOCA. SÍ que puedo hacer algo...

CORRO por toda la cocina y COJO TODAS las cucharas que ENCUENTRO (CUCHARAS DE MADERA, cucharitas y CUCHARONES).

Lo meto TODO en una bolsa y la ato MUY FUERTE.

Delia se queda patidifusa. NO me lo puedo creer, suspira.

Aún queda una ÚLTIMA cucharita al lado de la pila... y los DOS la hemos visto.

Delia se *ABALANZA* sobre ella, PERO yo me ADELANTO con una HÁBIL maniobra de derrape y recogida.

«¡VIVA, YA LA TENGO!»,

grito mientras la meto en la bolsa.

«Dame esa CUCHARITA, Tom».

Delia se está MOSQUEANDO.

«Pues dame los CEREALES», le contesto. (Es lo JUSTO).

Y entonces, POR SI ACASO, doy otra

VUELTA por la cocina y cojo también

todos los tenedores.

«BUENO, YA ESTÁ BIEN»,

dice Delia, imitando el tono de mamá.

Como parece dispuesta a NEGOCIAR,

le hago una propuesta:

«Te doy ESTA caja de copos de maíz

si me devuelves los lacitos de coco.

Son mis FAVORITOS».

«Y también los MÍOS.

Venga, dame una cucharita».

«Pero a TI la abuela te ha dado las PATATAS».

(No le digo nada de a qué saben, claro).

«No quiero PATATAS para desayunar. Quiero cereales» , insiste Delia. 

Como empiezo a DESESPERARME, le digo:

DEVUÉLVEMELOS YA, ¿VALE?

Entonces Delia se levanta y viene hacia mí. Está empezando a darme MIEDO. Pongo la bolsa de PLÁSTICO entre los dos y la MUEVO de un lado a otro para que no se acerque más. Cuando mi hermana quiere algo, es capaz de TODO.

«NO TE ACERQUES a las cucharas... ni a los tenedores», le digo, por si las moscas.

Delia SE PARA y, muy despacito, abre un cajón y saca...

¡...UNOS PALILLOS CHINOS!

«¿A que no te ESPERABAS esto?»,

RÍE.

Veo ALUCINADO cómo Delia atrapa los **lacitos de coco** uno por uno con los palillos (¡qué RABIA!).

La bolsa de los cubiertos se me CAE y hace MUCHO ruido. ¡CRASH!

Esto avisa INMEDIATAMENTE a mis padres de que hay follón en la cocina.

«¡AHORA sí que te la vas a cargar!», le digo a Delia, pero a ella no se la ve nada preocupada. Viendo cómo engulle MIS CEREALES con los palillos, ya no sé si quiero que me los devuelva.

¿Qué ha sido ese RUIDO?
¿Y qué hace esa bolsa en el suelo?

Papá mira a Delia y dice: «¿QUÉ haces con esos palillos?». «PREGÚNTASELO A TOM», responde ella. TOTAL, que les explico a mis padres que la abuela me dio A MÍ las minicajas de cereales, que Delia ha cogido, no..., ha ROBADO mi paquete preferido y que se lo está zampando ahora mismo.

He cogido las cucharas para EVITARLO... y también los tenedores.

Mamá me dice:

1. Que guarde los cubiertos.

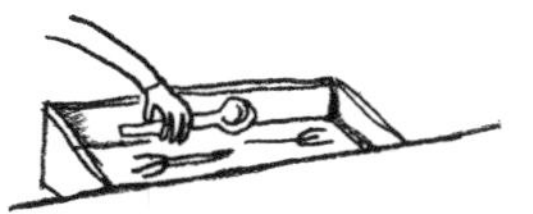

2. Que elija otros cereales o llegaré tarde al cole.

Y entonces le dice a Delia:

1. QUE DEJE de quitarme los cereales (mejor tarde que nunca, supongo).

2. Que intente ser una persona más MADURA a partir de ahora (como un queso maduro, por ejemplo).

(queso apestoso)

¡Ja! ¡Ja!

«Con tal de que no os PELEÉIS, os COMPRARÉ otro LOTE de cereales», nos dice mamá, enfadada.

←Delia Tom→

Yo digo que sí con la cabeza y Delia masculla algo entre bocado y bocado.

PERO luego mamá AÑADE:

... un día de estos. Eso me PREOCUPA,

porque cuando dice un día de estos

normalmente quiere decir: Un día LEJANO.

O BIEN: Seguramente NUNCA.

Mamá INSISTE: Te prometo que compraré más.

(No me lo creo mucho).

OJALÁ no hubiese tardado TANTO en decidirme, porque ENTONCES no habría pasado nada de esto.

Cojo mis **SEGUNDOS** cereales favoritos (los **Choco chips**) y lleno mi bol antes de que ALGUIEN me los robe también.

«¡Date prisa o llegarás tarde al cole!», me dice mamá. Yo le recuerdo que ya solo quedan CUATRO paquetes.

Pues van a ser tres, porque se me ha acabado el muesli,

me dice mientras coge los **copos de maíz.**

(Bueno, no son una gran pérdida).

¡PERO ESTOS son MÍOS!

Meto los ÚLTIMOS paquetes en mi mochila para que no se pierdan, y ya estoy a punto de salir cuando mamá

¿No te olvidas de algo?

(Glups).

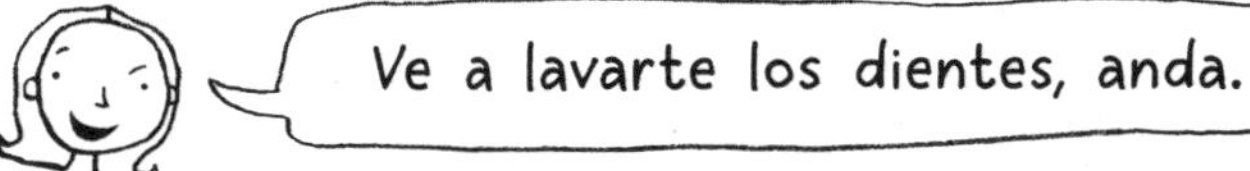

¡No ha visto los cereales en mi mochila!

(¡Fiu!).

Me lavo los dientes y, cuando vuelvo, mamá le está preguntando a papá **qué** vamos a hacer este fin de semana.

«NADA. ¿Por qué, es alguna fecha especial?», dice papá, extrañado.

¿No vamos a hacer *NADA?*

No.

ENTONCES ¿no tenemos planes para este fin de semana NI para el otro?,

INSISTE mamá. Yo ya estoy a punto de irme cuando me dice:

Que pases un buen día, Tom.

Pero no en un tono ALEGRE.

Lo intentaré.

Cuando salgo por la puerta,

Delia me DESPEINA con la mano.

«Gracias por el desayuno, hermanito.

Recuerda que hay que COMPARTIR».

No sé muy bien cómo tomármelo.

«¿Qué te ha pasado en el pelo?», me pregunta Derek.

«Delia. Me ha estado chinchando TODA la mañana».

Y le cuento a Derek cómo me ha QUITADO los cereales.

«Me he llevado todos los demás por si se le ocurre cogerlos TAMBIÉN. A partir de ahora, lo ESCONDERÉ todo en mi cuarto».

«Pues tienes suerte. Si yo escondo mis cosas, Pollo las encuentra igual y se las come», dice Derek.

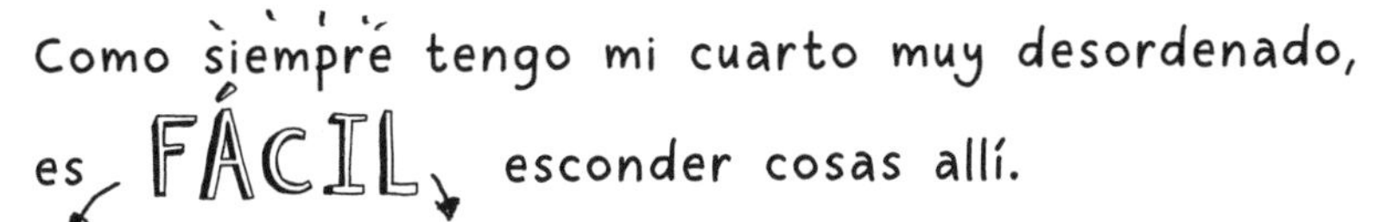

(Es verdad, yo lo he visto).

Como siempre tengo mi cuarto muy desordenado, es FÁCIL esconder cosas allí.

El problema luego es encontrarlas.

Antes

Después

Mientras Derek y yo **ACELERAMOS**  un poco para no llegar tarde al cole, él me dice:

Tengo noticias sobre el padre de June.

(June es una chica tirando a repelente que vive al lado de mi casa y que va a nuestro cole, y su padre estaba en un GRUPO llamado **PLASTIC CUP**).

«¿Qué pasa con el padre de June?», pregunto. 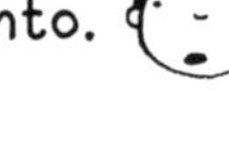

Pero Derek empieza a **TOSER** y no me puede contestar.

¡COF! ¡COF!

¿El padre de June? , repito cuando Derek DEJA de **toser**.

«Ya sabes que MI padre alucina con que el padre de June tocara con los **PLASTIC CUP**, ¿verdad?».

YA TE DIGO. Es un GRAN fan.

el padre de Derek

¡Soy un FAN!

PLASTIC CUP

«Sí, siempre va diciendo: "Tendrían que volver a juntarse y grabar un NUEVO disco"», dice Derek, imitando a SU padre.

«¡El álbum de los **PLASTIC CUP** que escuchamos el otro día era ¡GENIAL!».

(Es la pura VERDAD. Me quedé SORPRENDIDO).

«Pues adivina qué hizo mi padre».

Ya me ha picado la CURIOSIDAD. ¿QUÉ?

«¡Se presentó en CASA DE JUNE con una camiseta de los **PLASTIC CUP** y dijo que tendrían que sacar un **NUEVO DISCO!**».

-Nuevo disco.

PLASTIC CUP

¿Eh?

¡OH, NO!

«Y me he enterado de otra cosa...».

¿De qué?

«Mi padre dice que el disco de los **PLASTIC CUP** que escuchamos vale un **MONTÓN** de dinero».

¿Sí?

«Pero solo si no está rayado ni roto».

Ah..., digo yo, y recuerdo...

... lo que pasó en el último

ensayo de nuestro grupo.

(¡Glups!).

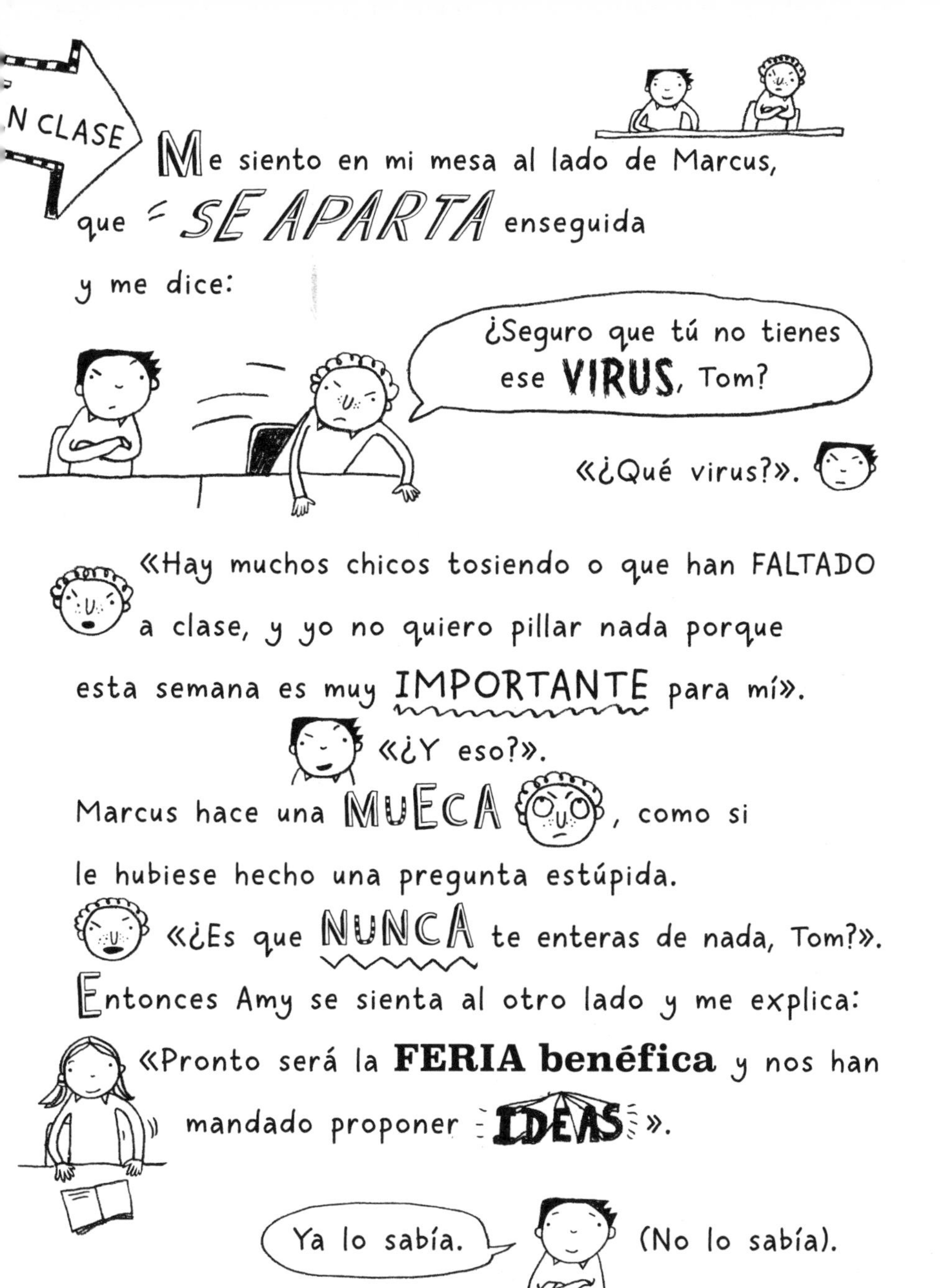

EN CLASE
Me siento en mi mesa al lado de Marcus,
que SE APARTA enseguida
y me dice:
¿Seguro que tú no tienes ese VIRUS, Tom?
«¿Qué virus?».
«Hay muchos chicos tosiendo o que han FALTADO
a clase, y yo no quiero pillar nada porque
esta semana es muy IMPORTANTE para mí».
«¿Y eso?».
Marcus hace una MUECA , como si
le hubiese hecho una pregunta estúpida.
«¿Es que NUNCA te enteras de nada, Tom?».
Entonces Amy se sienta al otro lado y me explica:
«Pronto será la FERIA benéfica y nos han
mandado proponer IDEAS».
Ya lo sabía.
(No lo sabía).

«Tengo una idea BRILLANTE, y el grupo que me toque será el que recaude más dinero», dice Marcus. Se le ve tan seguro y ANIMADO que siento curiosidad y le pregunto cuál es esa idea tan BRILLANTE.

«Muy listo, Tom, pero no te pienso decir nada. Me COPIARÍAS».

«No necesito tus ideas, Marcus. Ya tengo MUCHAS».

, dice él.

Cada año, los alumnos del cole vendemos creaciones nuestras para causas benéficas. Algunas cosas tienen más ÉXITO que otras.

No nos dejan vender 

ni 

. PERO...

los PASTELITOS caseros  siempre tienen éxito.

¡Sobre todo 

El señor Fullerman ya está en su mesa.

«SENTAOS», nos dice.

¡COF! ¡Y entonces se pone a **TOSER**!

¡COF! ¡COF!

Enseguida me doy cuenta de que el señor Fullerman NO está en plena forma.

Se le ve como... **GRIS**.

«BUENOS DÍAS, CHICOS».

«Buenos días, señor Fullerman», respondemos todos.

El profe no es el único que parece enfermo.

Me giro para ver quién más está tosiendo.

¡COF! ¡COF!

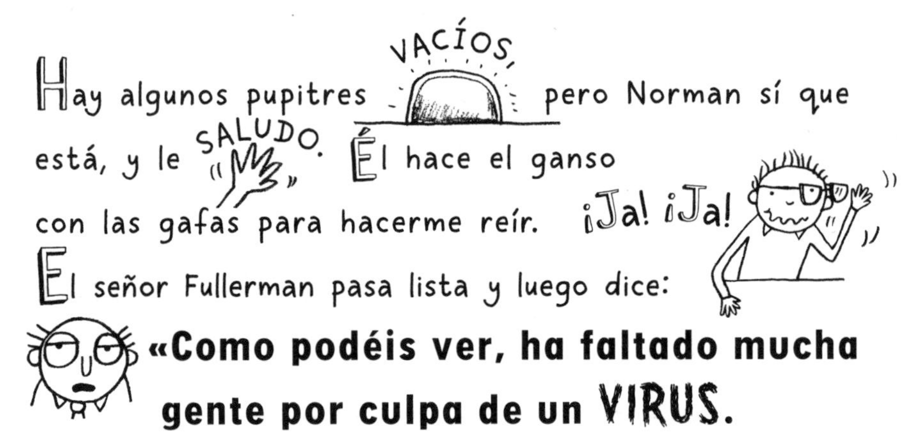

Hay algunos pupitres VACÍOS, pero Norman sí que está, y le SALUDO. Él hace el ganso con las gafas para hacerme reír. ¡Ja! ¡Ja!

El señor Fullerman pasa lista y luego dice:

«Como podéis ver, ha faltado mucha gente por culpa de un VIRUS. Tendré que reorganizar los grupos de la FERIA benéfica».

¿Estoy en un grupo? ¿Qué grupo? ¿Con quién voy?

¿Eh?

¿POR QUÉ no me había enterado?

«ESPERO que todos tengáis buenas IDEAS para recaudar dinero este año».

«Yo sí», murmura Marcus.

«Os quedan unos días más para ir reuniendo ideas. A ver si podemos...».

¡COF! ¡COF! ¡COF!

El señor Fullerman se TAPA la boca con la mano sin PARAR de toser. Por suerte, suena el timbre para anunciar la asamblea de la mañana.

En el salón de actos también se oye TOSER.

El señor Keen (el director) nos dice:

Parece que un VIRUS ronda por el colegio. Como no queremos que se propague, si alguien se encuentra mal o tiene mucha tos, llamaremos a sus padres y podrá irse a casa.

EN CUANTO el señor Keen pronuncia las palabras **«IRSE A CASA»...**

¡TODO EL MUNDO SE PONE A TOSER!

(Al menos SUENA como si fuese TODO EL MUNDO).

¡COF! ¡COF! ¡Cof!

¡Cof! ¡Cof!

«¡Ya está bien, chicos! Un poco de silencio, POR FAVOR».

«Sigo esperando...».

«Sigo esperando...».

¡Cof! ¡cof! Cof... Cof... Cof...

¡COF!

Por fin la tos se calma y el señor Keen puede seguir hablando. Yo me encuentro perfectamente y no tengo **tos** ni ningún **VIRUS**, pero de tanto oír **toser** a mi alrededor, ¡me entra **tos** a mí también!

La garganta se me seca  y me PICA.

Cuando el director se pone a hablar otra vez, el PICOR es MUCHO PEOR.

Hago un GRAN esfuerzo para no **toser**.

El señor Fullerman no me quita los OJOS de encima porque no paro de moverme.

Chist.

Marcus me da un codazo y me manda callar.

¡COF! ¡COF! ¡COF!

Al final consigo controlarme mientras el señor Keen anuncia que

«unas chicas de tercero muy listas han ganado un premio de poesía. Ahora os leerán el poema ganador. ESCUCHADLAS con atención, controlad esa tos ¡y dadles un fuerte APLAUSO!».

En ese momento, mi GARGANTA llega al LÍMITE.

El fuerte APLAUSO me ayuda a disimular mientras me aclaro la garganta.

¡COF! Cof...

¡COF!

¡COF!

TODOS nos quedamos MUY callados mientras las chicas empiezan a recitar su poema (con efectos visuales y sonoros).

Se podría oír cómo CAE

un ALFILER.

(Esta parte no es del poema... ¡No he podido evitarlo!).

Los que están cerca de mí SE APARTAN para que los profes puedan ver QUIÉN ha sido.

Ahora TODO EL MUNDO me mira.

El director no está nada contento, y el señor Fullerman me hace gestos FRENÉTICOS para que me vaya del salón de actos. ¡Ahora! **«Bebe un poco de agua, TOM»,** me dice mientras salgo sin parar de toser.

POR SUERTE,

beber agua ha funcionado y ya me encuentro BIEN.

El poema es larguísimo y parece que no va a acabar NUNCA. Aprovecho para echar un OJO al tablón de anuncios del colegio.

Han colgado cosas sobre la **FERIA benéfica**.

Y la foto del señor Fullerman ha quedado JUSTO al lado de un reportaje sobre una VISITA al ZOOLÓGICO.

¡Ja, ja!

Los ojos del profe son clavados a los del lémur.

Cuando los de mi clase salen del salón de actos, todavía me estoy riendo de las fotos. Se las enseño a Armario y a Norman, y también se parten.

Me siento en clase y Marcus me pregunta:

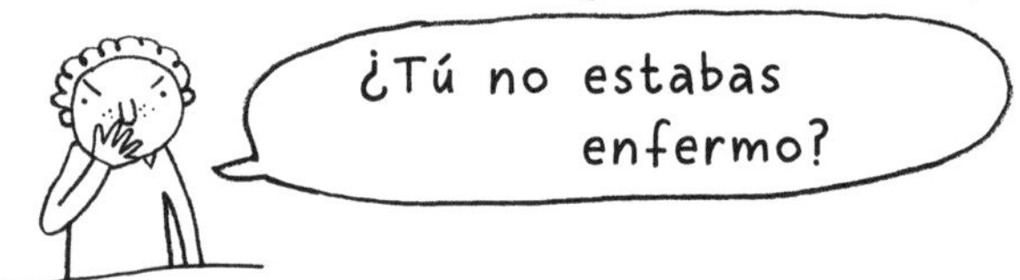

«¡Qué VA! Me picaba la garganta, nada más».

«Ya, pero por si acaso, no pienso acercarme a ti».

Pues me ALEGRO.

Cuando el señor Fullerman empieza la clase, en mi pupitre veo una hoja en blanco pidiendo A GRITOS que dibuje algo en ella.

POR EJEMPLO, ESTO...

(Hoy estoy inspiradísimo).

Animales parecidos
a profes:
¡Ja!
osa
de cara peluda
Pío.
Pío.

Mientras dibujo  , voy CONTROLANDO al señor Fullerman, que está frente a la clase y habla con una VOZ MUY APAGADA.

«CHICOS, hoy nos espera MUCHO trabajo, ¡pero será DIVERTIDÍSIMO!».

Yo no me acabo de creer eso de «DIVERTIDÍSIMO»  , porque ni siquiera el profe parece estar pasándoselo bien.

(Nada alegre).

Amy y Armario  reparten los cuadernos de Lengua corregidos y la hoja de ejercicios de hoy, que se titula:

MITOS, LEYENDAS y CUENTOS

Tiene buena pinta. No me leo la hoja ENTERA porque me INTERESA MUCHO más ver lo que el señor Fullerman ha **escrito** en el cuaderno de Lengua sobre mis deberes.

Teníamos que escribir una redacción sobre algo que nos hubiera pasado, como si fuese un artículo de un PERIÓDICO. Yo tuve una buena idea: hablar del primer CONCIERTO de los LOBOZOMBIS en la RESIDENCIA DE ANCIANOS VIDA NUEVA. Esto es lo que escribí:

CONCIERTO MARCHOSO EN UNA RESIDENCIA DE ANCIANOS

Norman Watson, el batería de los FABULOSOS LOBOZOMBIS, logró ZAMPARSE su propio peso en galletas antes del gran concierto.

El MONUMENTAL subidón de azúcar podría haber provocado un desastre, pero Norman tocó sin parar..., eso sí, a un ritmo bastante FRENÉTICO.

Vera, la más anciana de la residencia (101 años), dijo que el grupo sonaba mucho mejor cuando APAGÓ el audífono.

«Para mi gusto tocaban algo fuerte, pero los LOBOZOMBIS son buenos chicos y su música nos ha hecho vibrar».

Muchos de los abuelos se sabían las canciones y las cantaron a coro. Fue un éxito total y el grupo lo celebró con galletas y zumo.

Estaba MUY orgulloso de mi redacción

y me ESPERABA comentarios GENIALES

del señor Fullerman, tipo:

¡Buen trabajo, TOM! Una redacción MARAVILLOSA Y ESTUPENDA. DIEZ PUNTOS.

¡Una redacción MAGNÍFICA, TOM! Tómate libre el RESTO de la semana y celébralo con algo rico. DIEZ PUNTOS.

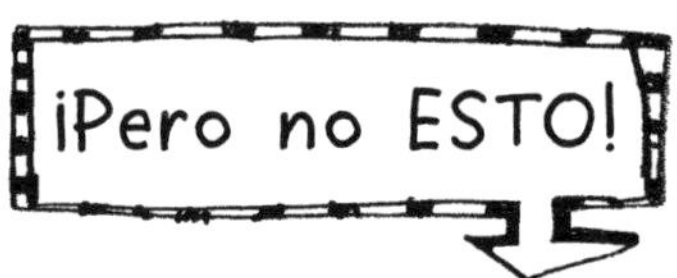

Tom, creo que te has dejado algo por hacer aquí. ¿Dónde está tu redacción?

Tardé SIGLOS en escribir esa redacción (pero de verdad). ¡No me puedo creer que haya HECHO unos DEBERES PERFECTOS para NADA!

¿Qué habrá pasado? Igual se me cayeron en mi habitación, o Delia me los escondió por haberle cogido su revista **SÚPER ROCK**.

¡Ja! ¡Ja!

¡Por favor, que no se los haya comido Pollo!

(A Derek le pasó eso una vez).

Haré una BÚSQUEDA a fondo cuando llegue a casa. Y a mi madre no le contaré nada de la redacción perdida, porque seguro que me diría:

¡Eso te pasa por tener el cuarto tan DESORDENADO!

Marcus no para de restregarme su cuaderno

por las narices.

«¡MIRA! He conseguido DOS

PUNTOS. ¿Y tú?».

«Yo tengo UN MONTÓN de puntos y de comentarios positivos. Mi redacción es TAN ALUCINANTE que hasta me da vergüenza enseñártela», le digo en un tono muy convencido.

Y entonces paso RÁPIDO la página para que no vea el comentario de la REDACCIÓN PERDIDA.

Marcus todavía está COTILLEANDO cuando el señor Fullerman nos explica el TEMA de hoy.

Yo intento escuchar, pero cada vez me cuesta más oír su VOZ.

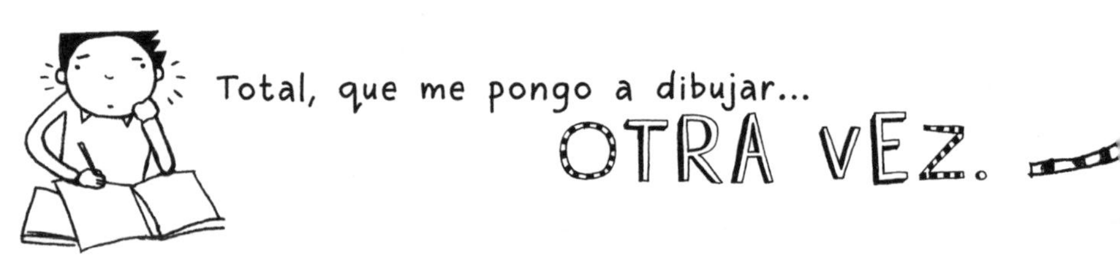

Total, que me pongo a dibujar...

OTRA VEZ.

Escribo mi nombre, TOM, y luego pienso en la COMIDA y en quién estará en mi grupo para la **FERIA benéfica** . Marcus SIGUE espiándome, y me da un *CODAZO* que me hace equivocarme

«Tom, ¿por qué has escrito el nombre de Amy en TU cuaderno?», quiere saber.

«¿Qué? Yo NO he escrito el nombre de Amy».

«Anda que no... MIRA».

Y señala mi cuaderno.

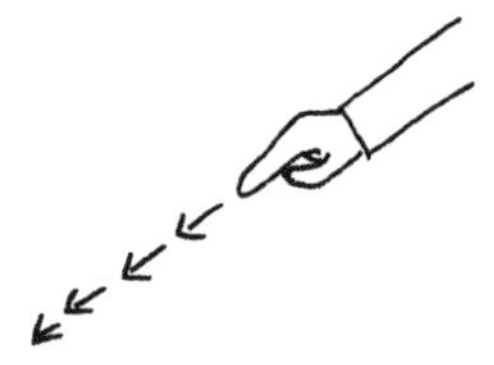

«Eso NO es...».

(¡Hala, sí que lo es!).

«Te lo he DICHO. ¿Por qué has escrito su nombre, Tom?». (Yo solo pensaba en QUIÉN podía estar en mi grupo para la **FERIA benéfica**, NADA más).

Pero no DIGO nada de eso, porque me viene una gran INSPIRACIÓN y SUSURRO: «Shhhhh..., no quiero que me oiga el señor Fullerman. PARECE que he escrito "AMY", pero en realidad estaba dibujando un MONSTRUO».

Marcus replica: «Sí, SEGURO...», como si no me creyera.

Yo le digo: «Fíjate bien. Ahora verás cómo transformo a "AMY" en un MONSTRUO».

Pero entonces Amy se gira y me pregunta:

«¿Has dicho que soy un monstruo?».

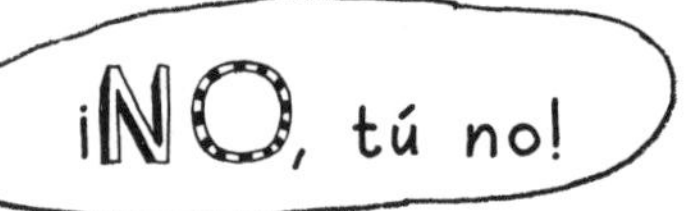

(Esto se está LIANDO por momentos).

Le dejo ver mi cuaderno y transformo su nombre en un ser MUY RARO.

Así.

«Para, que me vas a hacer reír», dice Amy, mirando mi dibujo.

Y eso me hace reír a MÍ...

(pero por poco tiempo).

El señor Fullerman nos dice con voz AFÓNICA: **«A ver si os concentráis... los dos».**

Cof...

«Perdón», digo, y dejo el lápiz INMEDIATAMENTE y me pongo a LEER mi hoja de ejercicios.

AMY también se concentra en la suya. 

Pero en cuanto el profe se da la vuelta, cojo el lápiz y hago otro garabato con un NOMBRE.

¿Qué nombre podría ser un buen MONSTRUO?

Hummmmm... Déjame pensar.

No hay que ir muy lejos.

MARCUS

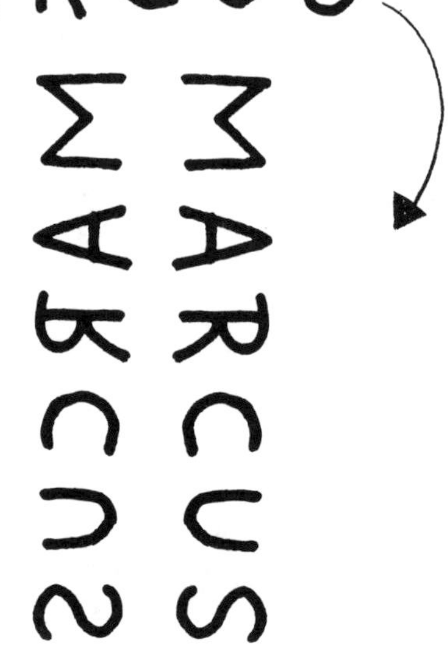

MARCUS

Dibujo las letras así (como reflejadas en un espejo).

¡Y luego añado las partes DIVERTIDAS!

¡JA! ¡Ja! ¡JA!

Hoy está siendo un día bastante BUENO.

¡Y en clase de Arte nos han dado ESTE

BLOC

tan GENIAL!

BLOC DE DIBUJO

Nos han dado

otra hoja

que explica

lo que

tenemos

que DIBUJAR.

Le echo un vistazo...

TEMA PARA LA CLASE DE ARTE

EXPRESIONES

CARAS DE PERSONAS Y ANIMALES

Este mes nos fijaremos en las expresiones faciales.
Coged lápices de colores y rotuladores y llenad
las páginas de este bloc de dibujo con tantos
tipos de EXPRESIONES FACIALES
como podáis.

Podéis hacer autorretratos mirándoos al espejo
y dibujando lo que veáis. O mejor aún,
tomad apuntes del natural, retratando todo
lo que veáis a vuestro alrededor.

Dibujad una amplia variedad
de expresiones diferentes de personas o animales
y, sobre todo, ¡PASADLO BIEN!

¡GENIAL!

Este es el primer dibujo de mi bloc:

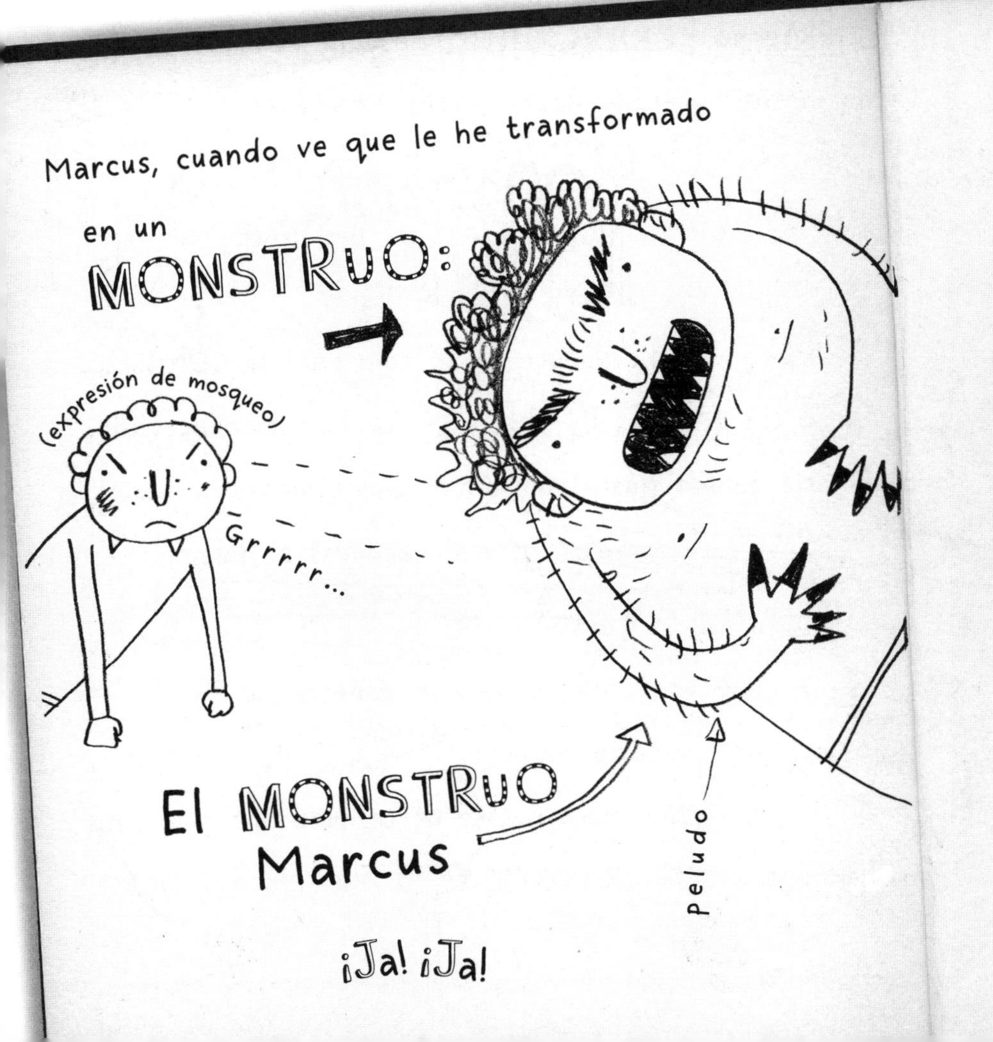

Retiro eso de que HOY estaba siendo un día BUENO, porque a partir de la hora de la comida todo ha salido FATAL.

PARA EMPEZAR:

1. Me he EQUIVOCADO de cola para la comida (y no me he enterado hasta mucho después).

2. Luego me he puesto en la cola para la COMIDA, pero los PLATOS RICOS ya se habían acabado.

3. He tenido que elegir entre carne picada de color gris o verduras al horno...

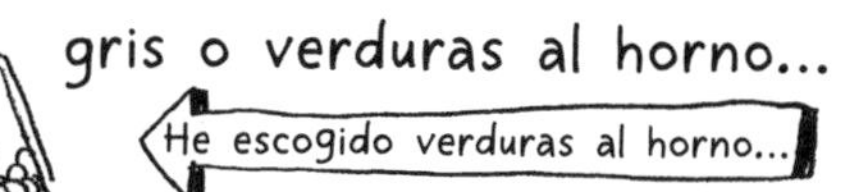

4. ... que eran más bien una especie de PURÉ y no me han gustado nada.

5. ENCIMA, como no me he terminado el plato, no me han dejado REPETIR POSTRE. Ha sido muy DURO.

6. Y, para rematar, unos niños pequeños me han ganado al CAMPI... OTRA VEZ. (Y eso que he sudado la camiseta).

Oh, oh...

¿Eh?

¡Fuera!

Campi

1

2

3

Ahora vuelvo a estar en clase, preguntándome por qué tengo TAN MAL día, cuando veo que no es el señor Fullerman quien está en su mesa...

SINO LA SEÑORA MEGA

(que es mucho más bajita que el señor Fullerman).

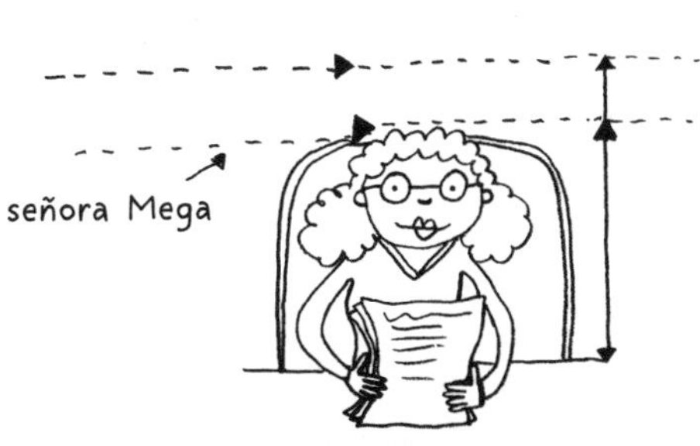

Hola, chicos. Lo lamento MUCHO, pero el señor Fullerman ha tenido que irse a casa porque no se encontraba bien.

Alguien dice «¡VIVA!» un pelín demasiado FUERTE. (Brad).

Ahora mira hacia atrás, fingiendo que no ha sido él. Y TAL VEZ el truco le habría funcionado si Julia hubiese estado allí sentada. (Pero también estaba enferma).

SILLA VACÍA

La señora Mega dice con VOZ ENFADADA:

¿Tienes más comentarios, BRAD?

«No, señora Mega».

Entonces sigamos. Hasta que el señor Fullerman se recupere, una persona MUY importante os dará clase hoy.

Qué SUERTE, ¿verdad?

(Hummmm… eso va a depender de quién sea esa persona).

La señora Mega coge la hoja de ejercicios de la mesa del señor Fullerman.

«MITOS, LEYENDAS y CUENTOS. ¡Qué tema tan interesante! Los cuentos son MARAVILLOSOS. ¿Quién se sabe uno?».

Amber levanta la mano y dice:

«¿Quién va a darnos clase hoy?», aunque no tenga nada que ver con lo que nos ha preguntado la señora Mega.

«Ahora lo veréis, porque ya está aquí».

La puerta empieza a abrirse, todos la miramos FIJAMENTE y entra…

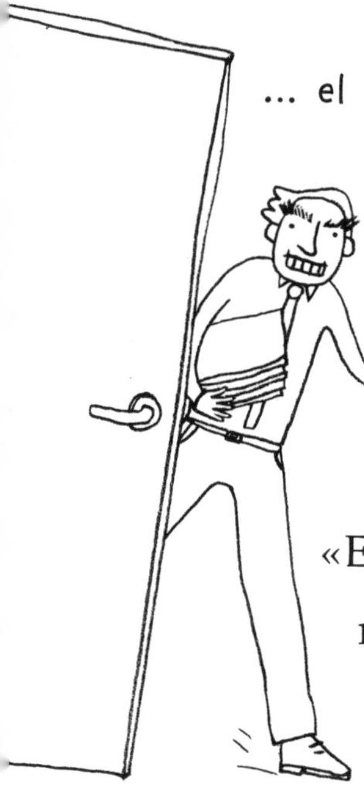

... el señor Keen, el DIRECTOR.

«Buenos días, chicos. Yo estoy tan SORPRENDIDO como vosotros de ESTAR aquí».

(Yo no estaría tan seguro). ¿Quééé?

La señora Mega dice:

«Esta clase tan ESTUPENDA tiene muchas ganas de trabajar A TOPE con usted, señor Keen».

(S I L E N C I O).

El director ha traído un MONTONAZO 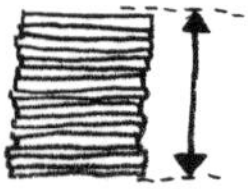 de papeles que tienen muy mala pinta. Para mí que son deberes EXTRA, y que acabaremos castigados si no los hacemos TODOS.

La clase todavía no ha EMPEZADO y ya puedo decir que NO me gusta  ni un pelo.

El señor Keen comienza diciendo: **«Os ALEGRARÁ saber que el señor Fullerman me ha dejado trabajo para vosotros».**

Protesto, pero en voz baja porque no quiero que el director me llame la atención.

«¡EMPECEMOS!», dice el señor Keen, animadísimo.

Tengo la HORRIBLE sensación de que esta será la PEOR clase de la HISTORIA MUNDIAL.

CADA minuto será como una hora.

Y cada hora será como un AÑO ENTERO. (O puede que como un DÍA, pero de todas formas será una ETERNIDAD).

El director va a dar una clase muy ABURRIDA, eso está cantado.

(Igual hace falta que me ponga a TOSER otra vez).

¡UFFF!

Cojo una hoja en BLANCO y me preparo

para hacer algunos garabatos. Así me distraeré

mientras dure la L A R G A y aburrida

clase del señor Keen.

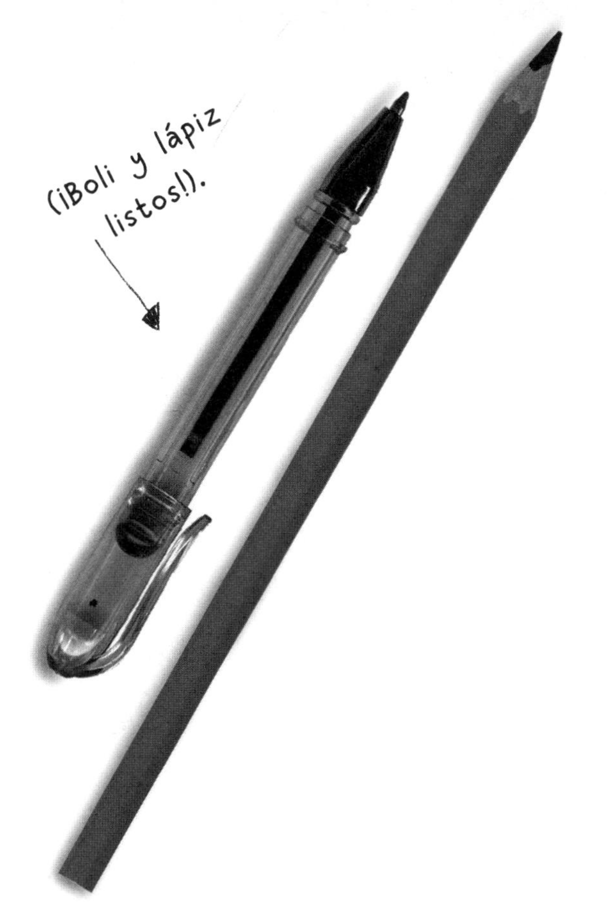

Fingiré que estoy concentrado tomando APUNTES y, con un poco de suerte, nadie se dará cuenta.

Ya va a empezar. Bufff...

¡La clase con el señor Keen ha sido GENIAL!
No hemos tenido que hacer nada aparte de ver una PELI de Robin Hood (no era la de dibujos

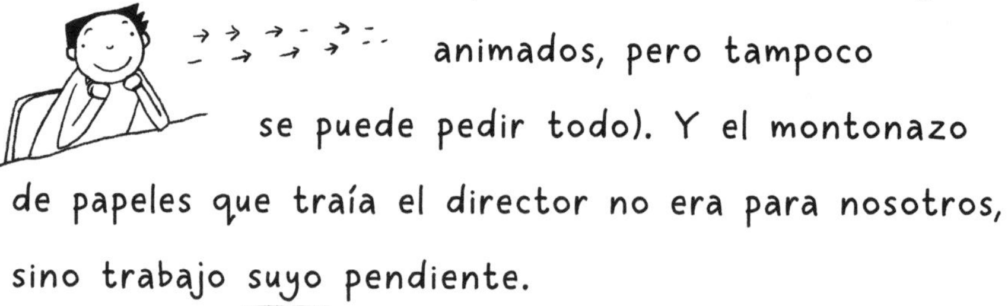

animados, pero tampoco se puede pedir todo). Y el montonazo de papeles que traía el director no era para nosotros, sino trabajo suyo pendiente.

He aprendido muchas cosas interesantes de Robin Hood y su leyenda. POR EJEMPLO:

* Llevaba ROPA VERDE y un gorrito guay con una pluma.
* Era una máquina con el arco y las flechas.
* Vivía en un bosque y robaba dinero a los ricos para dárselo a los pobres.

(Nada alegre).

* Los de su banda se llamaban los «hombres alegres» (aunque algunos no tenían nada de simpáticos).

¿Quién habría dicho que el director nos daría una clase TAN BUENA sobre MITOS, LEYENDAS y CUENTOS?

(Yo no, eso seguro).

Solo tengo UNA pequeña queja sobre esta clase, y es que el señor Keen ha movido su mesa para que TODOS pudieran ver mejor la pantalla.

TODOS menos YO.

No he querido protestar por si decidía *acercar* aún más su mesa a la MÍA. Me he sentado sobre mi MOCHILA, como si fuera un COJÍN, para poder VER por encima de su cabeza.

Era un BUEN plan.

Pero resulta que mi mochila no era muy cómoda. He tenido que REVOLVERME a lo BESTIA para pillarle el punto. Pensando que eran un par de LIBROS mal colocados, he empezado a dar botes encima de ella y la cosa ha mejorado.

Mucho mejor.

Chof...

Ha sido al llegar a casa cuando he recordado qué había metido en la mochila para que NADIE me lo quitase.

¡Ay! No eran libros.

Ahora hay CEREALES aplastados por todas partes, lo que explica el crujido que Derek oía durante el camino de vuelta a casa.

De tanto MIRAR los cereales, me ha entrado hambre. Echo un vistazo por la cocina buscando algo de COMER que no esté APLASTADO.

Y empiezo a FLIPAR cuando veo OTRO lote de minicajas de CEREALES que debe de haber comprado mamá.

¡MENUDA sorpresa!

Abro una NUEVA caja de Lacitos de coco (sin que Delia me moleste esta vez) y me los como RAPIDÍSIMO. ¡ÑAM!

Me he zampado el paquete entero (y ahora tengo que decidir qué hago con los de la mochila). Vacío el BATIBURRILLO de migas sobre la mesa y las BARRO con la mano hacia la caja VACÍA. Así, mamá no notará que ya me he comido un paquete porque parecerá NUEVO.

¡Soy un GENIO!

(¿A que sí?).

Pero ser un genio no me ayuda a encontrar el pijama esta noche. Al final aparece...

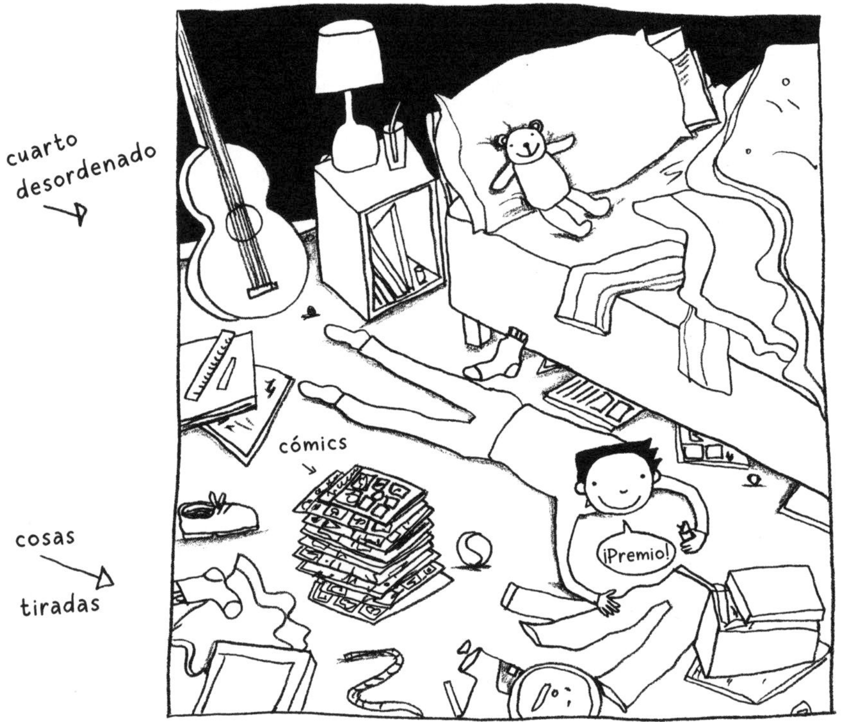

... debajo de la cama, al lado de un GRAN montón de cómics que había olvidado. Y TAMBIÉN encuentro una galleta a medio comer. ¡VIVA!

MENOS MAL que tengo una habitación para mí solo. Algunos amigos (como Norman) la tienen que compartir con su hermano.

Y Mark tiene mogollón de animales en su habitación.

A mí ME ENCANTARÍA tener una mascota, pero Delia

es ALÉRGICA a los ANIMALES, o sea, que lo tengo bastante CRUDO.

Cuando pasa demasiado rato cerca de un PERRO o un GATO, empieza a ESTORNUDAR, y entonces se mosquea más de lo normal.

¡Fuera!

A mí me pasa justo lo mismo cuando paso demasiado rato cerca de ella. (Lo de los estornudos no, lo del mosqueo).

Les he pedido una mascota a mis padres un MONTÓN de veces, y SIEMPRE me salen con lo mismo:

Me dicen que podría tener un PEZ. Pero ver nadar a un pez de un lado a otro no es que sea muy emocionante. A menos que tenga MÁS de uno.

Entonces los podría ADIESTRAR para que
hicieran acrobacias y carreras.
¡Sería una PASADA!
Pero ahora mismo, lo más parecido que conozco a
adiestrar un ANIMAL es pasear a Pollo con Derek.
A veces jugamos los tres en su jardín.
Derek está enseñando a Pollo algunos
TRUCOS.
De momento obedece estas órdenes:
Panza arriba.
SIÉNTATE.
Hazte el muerto.
BAILA.
¡SALTA!

(Esta todavía tenemos que perfeccionarla).

Si yo tuviese un perro que supiera bailar, NUNCA estaría triste.

June (que vive en la casa de al lado) tiene un gato llamado Roger. Ahora es MUCHO más simpático que antes, cosa nada difícil.

(Pero June sigue igual de borde).

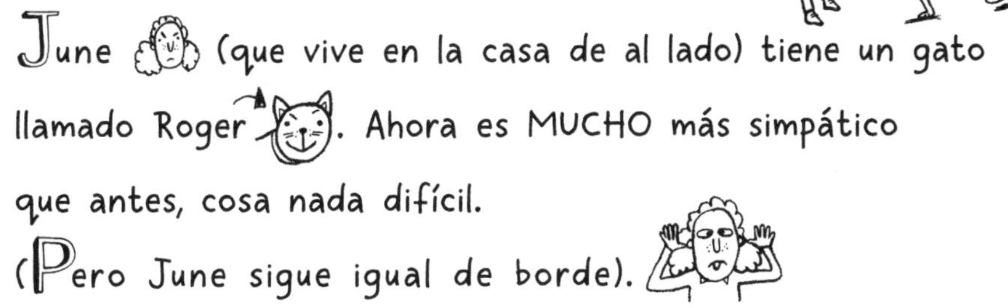

El otro día, Roger se coló en nuestro jardín y quería que lo acariciase (eso no había pasado nunca). Pero mamá lo vio por la ventana de la cocina ¡y se puso FRENÉTICA! Salió como una flecha, moviendo los brazos y CHILLANDO:

¡ZAPE! ¡ZAAAPE!

Hasta que Roger volvió a saltar por la valla.

«No animes a ese GATO a entrar en nuestro jardín, Tom», me dijo mamá, y señaló unos tallos verdes SIN flores. «Siempre mordisquea mis plantas y las ESTROPEA. ¡MIRA qué destrozo!».

Mamá estaba enfadadísima.

«¡Ese GATO se *CUELA* tranquilamente aquí y se COME todas las flores!

¡Es un PELIGRO CON **PATAS**!», gruñó señalando a Roger.

Es verdad que, a veces, Roger da mucho la lata.

¡Marramiauuu!
¡Marramiauuu!

Pero él no se había comido las flores y yo sé lo que pasó EN REALIDAD.

Lo que pasó en realidad:

El otro día, mi padre estaba regando el jardín con su nueva manguera SUPERCHULA cuando me llamó:

«Mira ESTO, Tom. Es increíble, te va a encantar».

Y, muy orgulloso, me enseñó todos los tipos diferentes de chorro que soltaba su nueva MANGUERA.

Tenía:

Y, de tanto toquetearla, sin querer la cambió a la posición de...

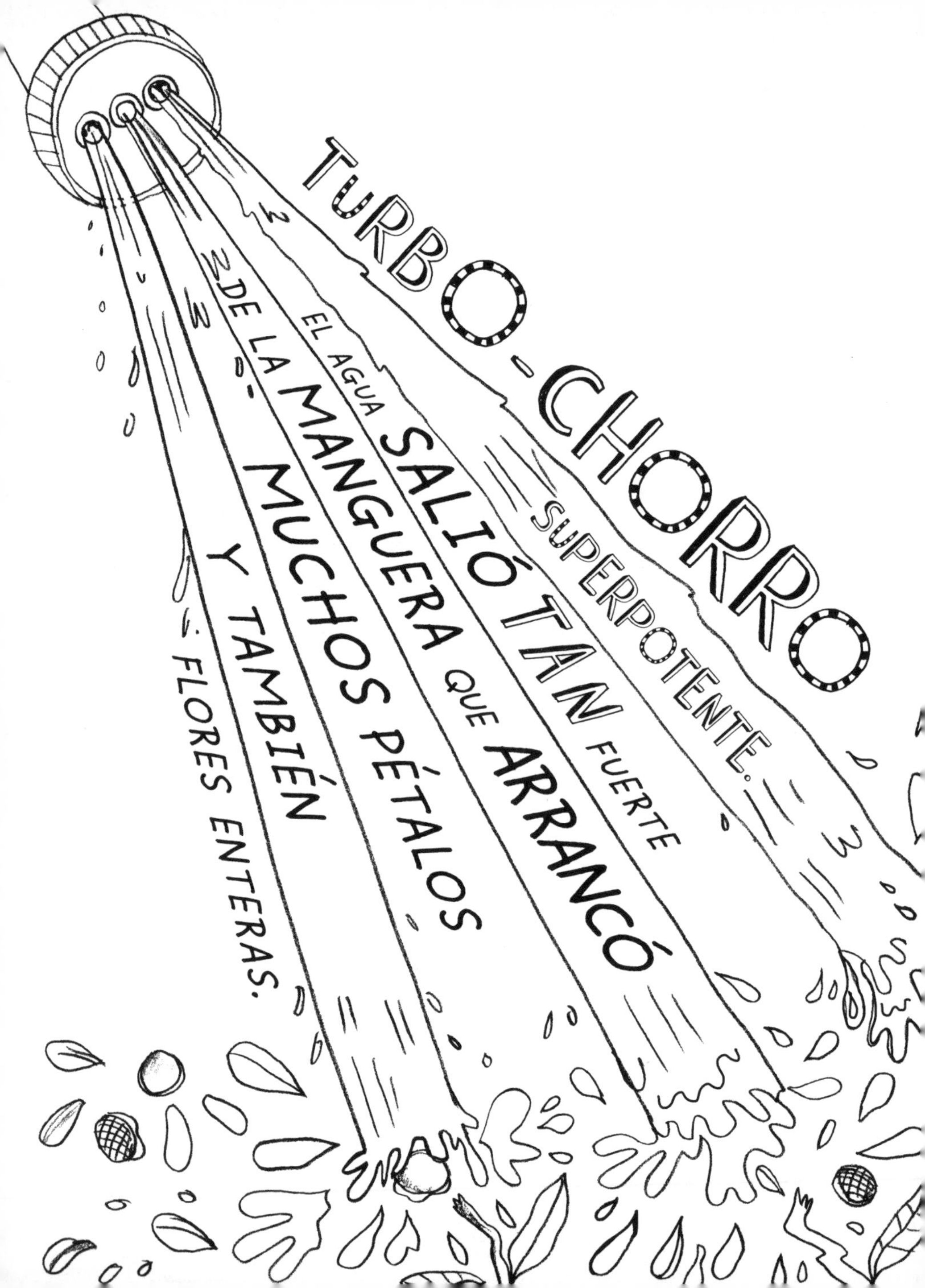
TURBO-CHORRO
SUPERPOTENTE.
EL AGUA SALIÓ TAN FUERTE
DE LA MANGUERA QUE ARRANCÓ
MUCHOS PÉTALOS
Y TAMBIÉN
FLORES ENTERAS.

En cuestión de segundos, las plantas quedaron HECHAS POLVO.

Papá se AGOBIÓ y soltó la manguera, que empezó a sacudirse en todas direcciones

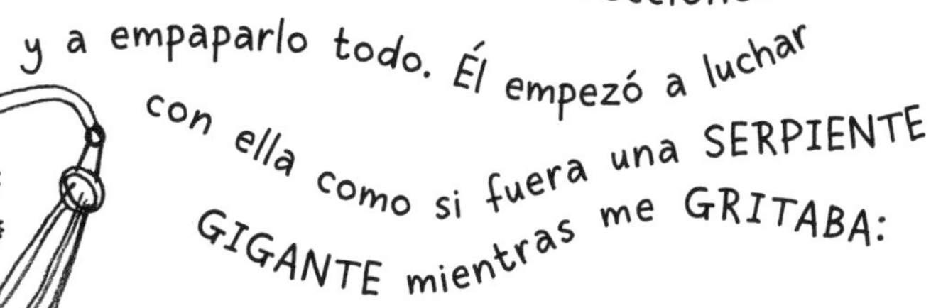

y a empaparlo todo. Él empezó a luchar con ella como si fuera una SERPIENTE GIGANTE mientras me GRITABA:

«¡CIERRA EL GRIFO, TOM! ¡RÁPIDO!».

Yo empecé a reírme TANTO que no atinaba a cerrar el grifo.

«¡HACIA EL OTRO LADO, TOM!», me indicó papá, hasta que conseguí cerrarlo.

Cuando POR FIN acabó todo, mi padre estaba calado de la cabeza a los pies. Pero la peor parte se la habían llevado las plantas...

«Voy a tener que comprar más flores.
No le digas nada a tu madre»,
suspiro papá.

Cuando mamá vio cómo se había quedado el jardín, ENSEGUIDA culpó al GATO.

¡MIRAD cómo lo ha dejado todo ESE GATO! ¡Ha destrozado MIS FLORES!

Yo no dije nada, y papá tampoco.
Para él fue un alivio que
el gato cargara con las culpas.
Pero ahora las flores son OTRO MOTIVO
para no tener MASCOTA. ¡Grrrr!

SI pudiera tener una, seguramente sería un

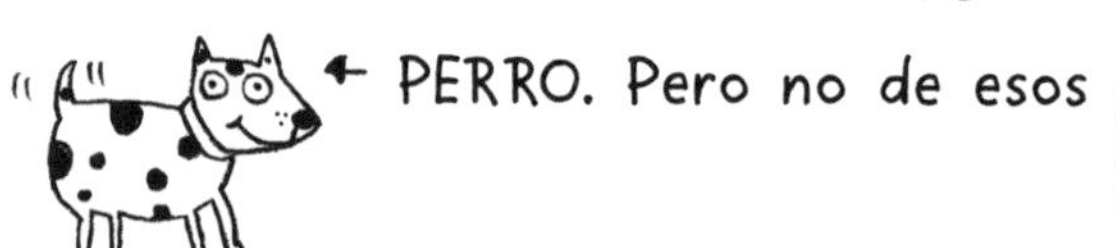

PERRO. Pero no de esos

ni de PELO LARGO, para no tener que lavarlo y cepillarlo todo el día. Y el problema de Delia con la alergia a los animales se arreglaría haciéndole llevar un TRAJE ESPACIAL todo el rato.

En realidad, sería una mejora.

(Un paso **gigante** para una supergruñona).

Otra cosa que haría si tuviera un perro sería ENSEÑARLE a encontrar cosas. ¡Resultaría muy ÚTIL! Por ejemplo, le diría: «¡Busca mi calcetín!», o incluso: ¡Busca mis DEBERES!

Y ayer habría encontrado sin problemas mi REDACCIÓN.

No he parado de BUSCARLA desde entonces. Pero a veces pasa que, cuando buscas algo, encuentras otra cosa. Como esta carpeta de cómics* que hice hace SIGLOS. Me preguntaba qué habría sido de ella. (La idea la saqué de un libro que me regaló mamá: CREACIONES DIVERTIDAS PARA DÍAS ABURRIDOS). Ya no me acordaba de lo bien que me había quedado. ☺

Yo buscando bajo la cama.

* Para hacer tu propia carpeta de cómics, mira la página 258.

Tiene el tamaño perfecto para guardar el bloc de dibujo, así que, para no olvidármelas en casa, meto las dos cosas en la mochila (todavía hay trocitos de cereales dentro, pero prefiero no pensarlo).

Todo está listo para mañana. Perfecto.

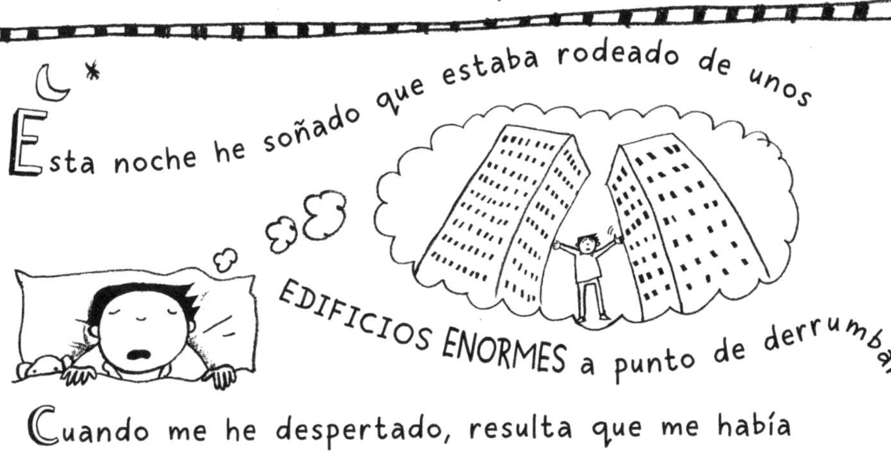

Esta noche he soñado que estaba rodeado de unos EDIFICIOS ENORMES a punto de derrumbarse.

Cuando me he despertado, resulta que me había caído encima el MONTÓN de ropa que tenía a los pies de la cama. Lo he apartado de un manotazo y debajo del todo estaba la famosa redacción.

¡Qué PUNTAZO!

Me visto y bajo a la cocina, donde mamá está "charlando" con papá de varias cosas, SOBRE TODO de lo que harán dentro de DOS fines de semana. Papá dice:

«Nada en especial..., a menos que tengamos una visita SORPRESA de Kevin y Alice, pero siempre podemos fingir que NO estamos». (Ya lo hemos hecho alguna vez).

Mamá dice: «Entonces ESTE FIN DE SEMANA podemos hacer limpieza y vender en el rastro todo lo que no queramos, ¿vale?».

En cuanto papá oye las palabras hacer limpieza, empieza a pensar en otros PLANES.

«¡Anda!, espera... Igual sí que teníamos algo previsto. Creo que Tom tenía un... ENTRENAMIENTO importante, O un ENSAYO, y va a necesitar mi ayuda. ¿A que sí, Tom?».

(Primera noticia). Le contesto:

«No, no tengo nada de eso».

Papá me FULMINA con la mirada, como si hubiera dicho algo malo. (En una cosa tiene razón: los LOBOZOMBIS deberíamos ensayar más).

Mamá nos dice: «Pues ya está decidido. Este fin de semana nos libraremos de TODOS los trastos. Y así nos quedará libre el fin de semana SIGUIENTE para otras cosas».

«Me alegro», dice papá
(con cara de no alegrarse nada).

Mamá ya se ha ido cuando papá por fin cae en la cuenta de por qué ella NO PARA de preguntar qué haremos dentro de dos fines de semana.

«¡PUES CLARO! ¡Es el CUMPLEAÑOS de tu madre!».

«¿Te habías olvidado?», le pregunto, porque eso es lo que parece.

«¡Claro que no!», responde él (que sí que se había olvidado... y confieso que yo también).

«¿Qué vas a regalarle a mamá por su cumple?», le pregunto.

«NO tengo ni idea», dice él, y como lo veo un poco desesperado, decido echarle una mano.

«Hay UNA COSA que a mamá le ENCANTARÍA».

«¿Y qué es, TOM?».

«Seguro que se pondría muy CONTENTA si le hicieses...».

«¿QUÉ?».

«... el MEJOR regalo DEL MUNDO».

«¿Y cuál es?».

«¡UN PERRITO!».

¡Guau!

«BUEN intento, Tom».

(En fin..., el no ya lo tenía, ¿verdad?).

Algunos dibujos de perros que he hecho en mi bloc:

EXPRESIONES

Mi autorretrato si tuviera un PERRO:

CARA FELIZ

Distintos tipos de perro que me gustaría adiestrar.

Roger (el gato de June), si yo tuviera un perro.

Delia, si yo tuviera un perro.

¡Ja! ¡Ja! ¡Ja!

COSAS DE CLASE

Hoy he traído al cole el bloc de dibujo dentro de mi carpeta de **CÓMICS**.

Con un poco de suerte, podré usarlo en clase.

El señor Keen ya vuelve a hacer de director. Lástima, porque lo de ver PELIS en la hora de clase era genial. En su lugar hemos tenido a TODOS estos profes:

Y AHORA tenemos a la señorita Lara, que da clases en nuestro cole desde hace poco. Ella se cree que es GUAY, pero no lo es.

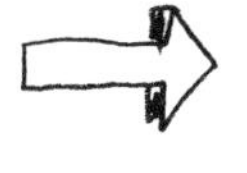

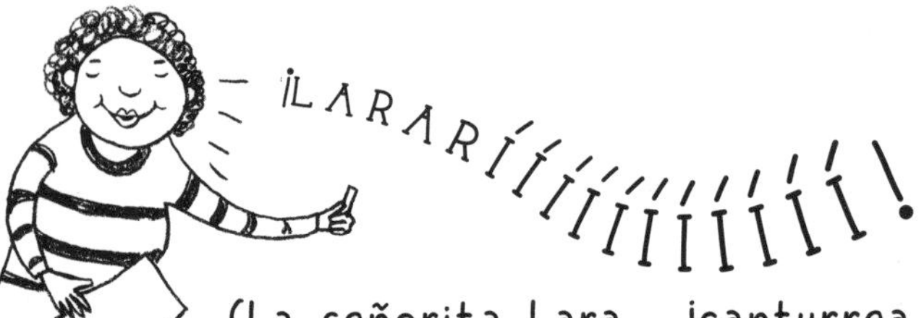

(La señorita Lara... ¡canturrea así!).

La primera vez nos pilla a todos por sorpresa. 

AMY me susurra:

Dicen que siempre hace lo mismo.

La señorita Lara se pone a escribir en la pizarra mientras nos recuerda que falta muy poco para la **FERIA benéfica**.

«¡ES LA SEMANA QUE VIENE, QUÉ EMOCIÓN...! ¡LARARÍÍÍÍ!».

(Impresiona un poco, la verdad).

Después nos dice cuáles serán los grupos y suelta OTRO de sus:

¡LARARÍÍÍÍÍÍÍÍÍÍ!

Armario levanta la mano y le pregunta: «¿Le pasa algo, señorita Lara?», y a mí me da la risa.

¡Ja! ¡Ja! ¡Ja! (Y no soy el único). Pero con las RISAS no me he enterado de cuál es mi grupo para la **FERIA benéfica**.

Menos mal que la señorita Lara ha colgado una lista. Le echo un ÓJÖ. Estoy con AMY, LEROY, PANSY, ARMARIO

y... Marcus. Vaya.

(Espero que no nos dé mucho la lata).

«SIÉNTATE, TOM», me dice la señorita Lara (sin canturrear). Y añade: «BUENO, CHICOS, PONEOS POR GRUPOS E INTERCAMBIAD TODAS LAS IDEAS QUE TENGÁIS PARA LA **FERIA benéfica**. APUNTADLAS PARA CONTARLE AL RESTO DE LA CLASE LO QUE VAIS A HACER».

Eso no debería ser difícil... siempre que no tengas a Marcus en tu grupo. Enseguida empieza a acaparar la atención.

«Mi idea es GENIAL. No puede fallar,

y deberíamos empezar antes de que se nos adelanten».

«¿Y cuál es esa idea, Marcus?», le pregunto.

¡UN TALLER DE PINTACARAS!

No es una idea **ESPANTOSA**.

«Pero solo querrán que les pintemos la cara

los niños más pequeños», le dice Pansy.

«Y yo no sé maquillar», añade Leroy.

«Es muy fácil. Puedes utilizar **PLANTILLAS**

y una esponja, y así acabas ANTES.

Hacedme caso: ¡A TODO EL MUNDO LE GUSTA

QUE LE PINTEN LA CARA!».

«A mí no me gusta», dice AMY.

«BIEN dicho», añado yo, y Marcus

me fulmina con la mirada.

«¡Os digo que con un TALLER así ARRASARÍAMOS!».

«A ver, Marcus, ¿a TI cuándo te pintaron

la cara → por última vez?», le pregunto.

«LA SEMANA PASADA. Fui a una FIESTA ZOMBI, para que te enteres».

(Ah, sí, ya me acuerdo... ).

Marcus vino un par de días a clase con las mejillas bastante **VERDES**. Más o menos ASÍ:

 «No estaba VERDE», replica él.

«¡Vaya que no!».

«Pero *CASI* no se notaba». (Se notaba mucho).

«El señor Fullerman pensó que estabas ENFERMO, y yo creí que te estabas PUDRIENDO».

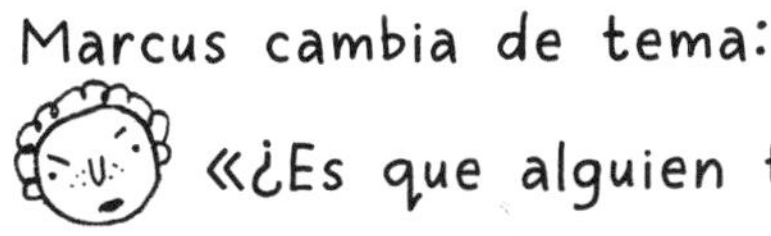

Marcus cambia de tema:

«¿Es que alguien tiene una IDEA MEJOR?».

Y AMY responde:

«Los puestos de comida siempre recaudan mucho, pero ya hay otros grupos preparando tartas. Tendríamos que hacer algo diferente».

«Tengo una idea que podría funcionar», digo.

Y les enseño mi CARPETA DE CÓMICS.

«¿Qué os parece?».

Leroy y Armario la miran y luego se la pasan

a AMY y a Marcus.

«Es ALUCINANTE», me dice AMY.

(Gracias, gracias).

«¡Una idea buenísima!», comenta Pansy.

«Sí, no está mal», reconoce Marcus de mala gana.

Se la enseñamos a la señorita Lara, y le parece una propuesta...

«¡MUY INSPIRADA!».

(Y suelta otro ¡LARARÍ! espeluznante).

Marcus se pasa refunfuñando el resto del día porque NO hemos elegido su idea del TALLER DE PINTACARAS. Al final le digo que puede PINTARSE su propia CARA para animar a la gente a comprar nuestras carpetas. Como no parece muy convencido, le dibujo algunos ejemplos en mi bloc. (Para ayudarle, claro).

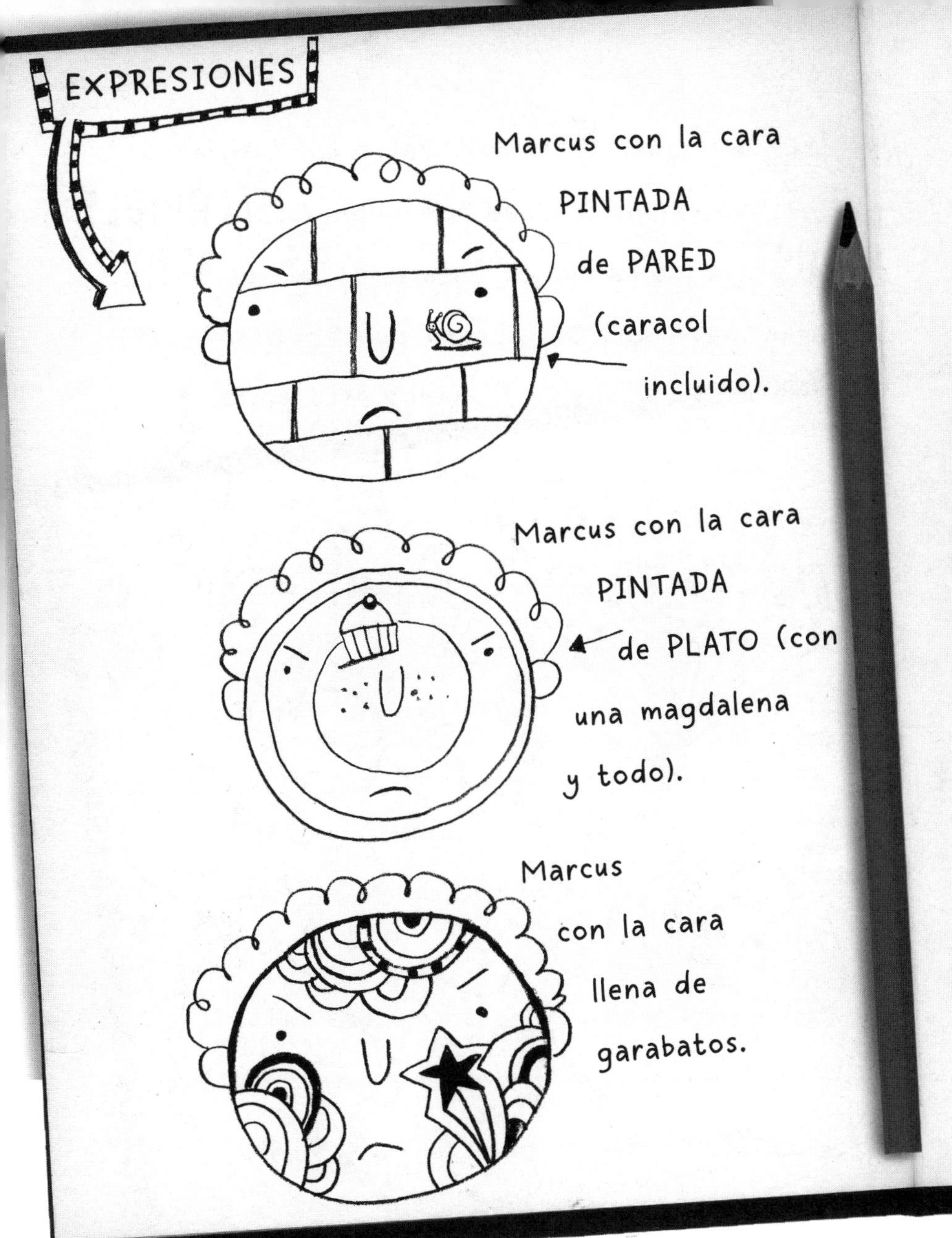

(Sigue sin parecer convencido).

Aparte del señor Fullerman, hay muchos alumnos que no han venido a clase por culpa del **TERRIBLE VIRUS** que los ha puesto enfermos. Si los **VIRUS** pudieran verse, seguro que tendrían más o menos esta pinta:

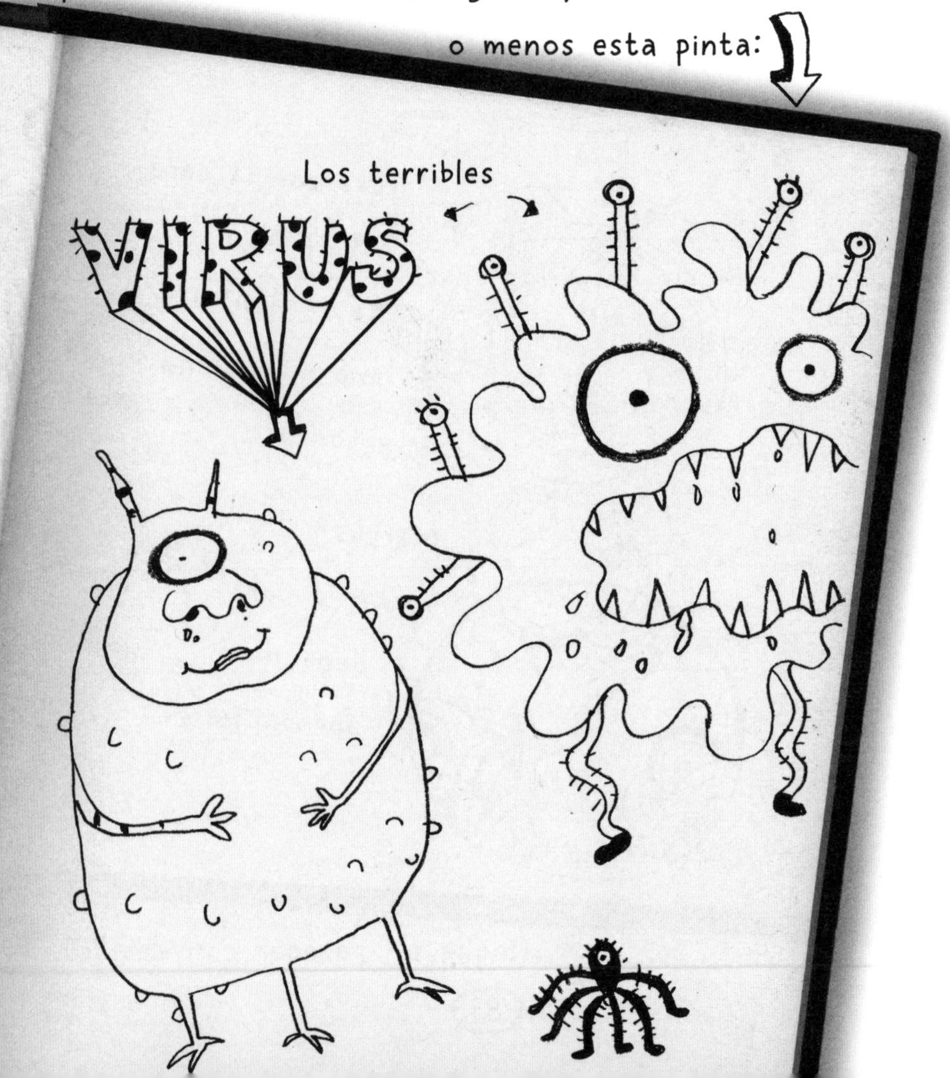

Estoy tan concentrado dibujando que no presto mucha atención a lo que dice la señorita Lara. Parece que habla de **PASTELITOS.**

QUE LEVANTE LA MANO QUIEN QUIERA COMER PASTELITOS.

(¡Eso capta mi INTERÉS!).

Yo siempre quiero PASTELITOS y NUNCA nos dejan comerlos en clase, ¡así que vaya si levanto la mano! La señorita Lara me AGRADECE que me haya ofrecido a ayudar.

«¿Que he hecho qué?».

«Como JULIA e INDRANI se han puesto enfermas, tenemos que EQUILIBRAR los GRUPOS. MUCHAS GRACIAS, Tom, por ofrecerte a CAMBIAR y pasarte al de Mark y Norman».

(Hala...).

Resulta que lo que había dicho la señorita Lara era ESTO:

(Yo solo me había quedado con la palabra «PASTELITOS»). PODRÍA decirle a la señorita Lara que me he confundido, pero entonces veo que Norman y Mark están DANDO BOTES de alegría.

«Sí, señorita Lara, cambiaré de grupo», digo, y AMY me da un codazo.

«¿Por qué has hecho eso?».

«Porque es un TARUGO y nunca escucha en clase», se mete Marcus, tan amable como siempre.

«Eso... es verdad», suspiro. Marcus está encantado de que me cambie de grupo (pero AMY parece un poco fastidiada).

«Hala, que te vaya bien. Haremos las carpetas de cómics sin ti».

Vaya..., no me acordaba. Ahora que no estoy en su grupo, ya no podré hacer las carpetas de cómics. Al menos, en mi grupo habrá pastelitos, así que no es TAN mal cambio.

(Ahora mismo me comería uno).

La señorita Lara dice que me siente con mi grupo para hablar de lo que prepararemos. Qué remedio.

Cuando me levanto para irme, AMY me dice: «No te preocupes, ya nos las apañaremos».

Pero Marcus, tan repelente como siempre, me dice ADIÓS con la mano.

Adiós.

(Ojalá no me hubiese cambiado de grupo).

Me siento con Mark y Norman, que me preguntan si podemos preparar los pastelitos en mi casa.

Yo respondo: «Claro, ¿por qué no? Hacer pastelitos no debe de ser tan difícil».

DECIDIDO, entonces.

Norman, Mark y yo prepararemos unos PASTELITOS deliciosos en mi casa para la **FERIA benéfica**.

¿Qué puede salir mal?

Hoy voy a dibujar un MONTÓN de EXPRESIONES.

(Sobre todo mías).

(Cuando creía que iba a comer pastelitos).

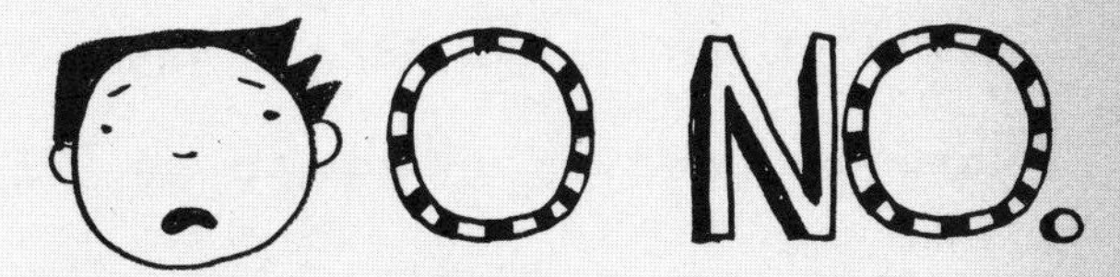

(Cuando ha resultado que no).

N**o** lo sé...

(Cuando he descubierto que tenía que cambiar de grupo para la **FERIA benéfica**).

← (Marcus, al descubrir por fin que es un plasta total). Esto no ha pasado hoy, pero puede pasar un día de estos.

LOS LOBOZOMBIS SOMOS BESTIALES

(aunque seríamos más bestiales si ensayásemos más...).

Últimamente no hemos tenido MUCHA suerte con los ensayos. Ahora ya tenemos un repertorio COMPLETO (o casi) de canciones bastante buenas ☺.

El PROBLEMA es juntarnos para ensayar.

Norman juega en un equipo de fútbol y tiene muchos entrenamientos y partidos.

Parece que nunca estamos LIBRES al mismo tiempo.

Y cuando lo estamos, SIEMPRE acaba fallando algo.

La última vez que nos juntamos, todo iba bien hasta que apareció el padre de Derek (cosa muy habitual).

Pero ESTA VEZ se presentó con el PADRE de June (cosa nada habitual).

coleta

«He pensado que no os vendría mal fijaros en un músico DE VERDAD», nos dijo el padre de Derek.

(Derek soltó un gemido).

A mí no me parecía tan mal, porque él tocaba en un grupo: los **PLASTIC CUP**. Entonces el padre de June cogió mi guitarra y empezó a TOCARLA. El padre de Derek se puso en plan:

¡No me puedo CREER que un miembro de los **PLASTIC CUP** esté tocando la guitarra en MI GARAJE!

Derek se moría de vergüenza. Y le recordó que estábamos intentando ENSAYAR. Pero a su padre le daba igual.

Nos quedamos un rato escuchando al padre de June tocar la guitarra y al padre de Derek hacerle preguntas sobre

los **PLASTIC CUP**.

Al final, Norman tuvo que irse.

Entrenamiento de fútbol.

Yo les pedí que me devolviesen la guitarra y también me fui.

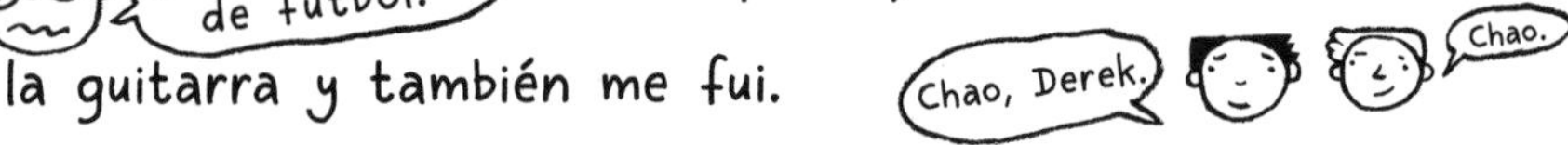

Cuando llegué a casa, le conté a mi padre que no habíamos podido ensayar porque el padre de June se había puesto a tocar mi guitarra.

Nada que hacer.

Papá NO PARABA de repetir: «¿QUÉ? ¿EL PADRE DE JUNE HA TOCADO TU GUITARRA? ¿ESTA GUITARRA?».

«Sí, papá, mi GUITARRA», le contesté.

Delia nos oyó y se METIÓ en la conversación:

«¡No es para TANTO! Es un guitarrista. ¿Qué esperas que haga con una guitarra?».

(«Bien dicho, Delia», pensé..., pero no lo dije en voz alta).

Papá intentó explicármelo: «Imagínate que un miembro de los DUDE 3 tocase tu guitarra, Tom. ¿A que te pondrías muy contento?».

«¡SÍ!», dije. «Pero no es un miembro de los DUDE 3. Es el PADRE de June».

«¡Los **PLASTIC CUP** fueron IMPORTANTES en su día!», replicó papá, MUCHO más emocionado que yo.

Delia suspiró: «Papá, NADIE ha oído hablar de los **PLASTIC CUP**, aparte del padre de Derek y de ti».

«Eso no es verdad, Delia. ¡Seguro que un FAN pagaría MUCHO dinero por la guitarra de Tom ahora que el padre de June la ha tocado!».

Antes de que a Delia se le ocurriese alguna gran idea, dije: «NO pienso vender mi guitarra».

«Fijo que el padre de Derek la compraría», se rio Delia.

«No la venderemos», dijo papá. (¡MENOS MAL!).

Tengo que enseñarle esto a Derek. ¡Se va a partir!

Hace unos días que MAMÁ tiene una MISIÓN: vaciar la casa de todo tipo de trastos que, según ella, no vamos a necesitar más. ¡Una taza agrietada! ¡Fuera!

Yo pienso que eso es porque ha visto demasiados programas de la TELE, tipo: ¡Tíralo ya!

¡LIMPIA! ¡ORDENA! ¡VENDE!

y...

¡Monta un rastro con todos tus trastos!

Por toda la casa están apareciendo cajas con etiquetas que dicen «PARA VENDER» o «PARA TIRAR». Una está en la puerta de la habitación de mis padres, y cada vez que papá pasa por delante, mira qué hay y SACA algo.

Yo también echo un vistazo y encuentro una CAJITA con un reloj dentro. Le pregunto a papá si me lo puedo quedar. «Tu madre quiere ganar espacio en la casa, Tom».

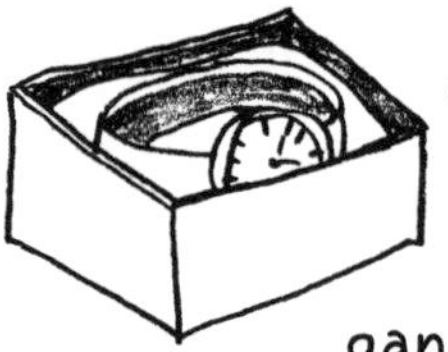

«¡Pero tú también TE QUEDAS con cosas!», le recuerdo. «Vale, vale», me dice él, y coge el reloj para mirarlo bien. Debajo ve otra cosa.

«¿Quieres este broche también?». Y me enseña uno en forma de gato BIZCO. «¡PARA NADA!», le digo, y papá se ríe.

«Mamá lo tiene desde hace AÑOS, pero NUNCA se lo ha puesto. Creo que es por los OJOS», dice, y hace esta mueca:

«Vamos a meterlo en la caja. Igual hay alguien que quiera comprar un broche ridículo».

«Puede que sí...», digo (o puede que NO).

Cuando vuelvo del cole, lo PRIMERO que me dice mamá es:

«Ordena tu cuarto y mira si tienes algo para vender en el rastro», y me da una CAJA.

«Sí, sí», le digo, y subo CORRIENDO antes de que me encargue más tareas. Cuando a mi madre le da por HACER LIMPIEZA TOTAL, mejor que no te encuentre por medio. La oigo vaciar cajones y abrir armarios sin parar. Con un poco de suerte, no entrará aquí. Intento encontrar cosas que no necesite, pero no es NADA FÁCIL...

Todavía estoy leyendo cuando mamá me llama desde el piso de abajo...

¡Tom!

Yo hago como que no la oigo. Así creerá que estoy ordenando y a lo mejor me deja en paz.

No ha funcionado. Me quedo quieto porque, si bajo, me pondrá más TAREAS. O me preguntará si ya he ordenado (va a ser que no). PERO si no bajo, creerá que <u>**no**</u> le quiero hacer caso, subirá y verá mi cuarto desordenado.

¿QUÉ hago?

¿Bajo o me quedo aquí?

No lo sé...

(Demasiado tarde).

«Tom, ¿no me has oído cuando

TE HE LLAMADO?».

(Tendría que haber bajado).

Mamá mira mi habitación y dice:

«¿No habías dicho que ibas a ordenar?».

«¡Y lo he hecho! Tendrías que haber visto cómo estaba antes», contesto.

Entonces, de repente, mamá se *LANZA* hacia mi armario y, antes de que pueda hacer nada, **ABRE** la puerta.

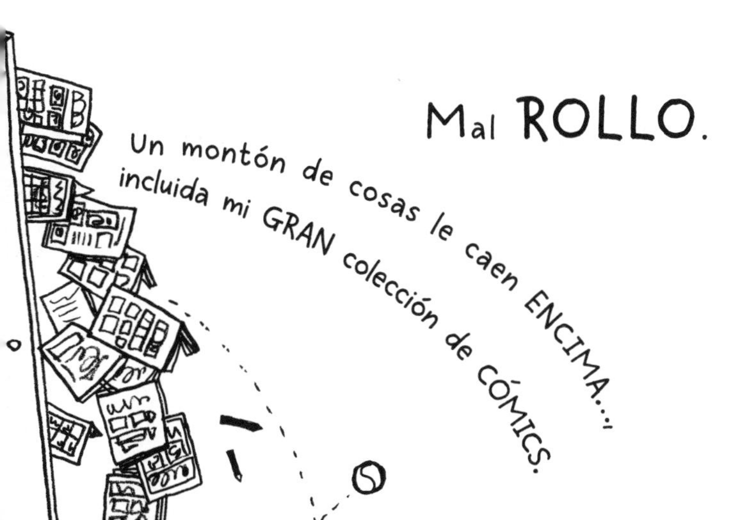

Mal **ROLLO**.

Un montón de cosas le caen ENCIMA...
incluida mi GRAN colección de CÓMICS.

«¡Halaaaa! ¿Cuántos cómics tienes aquí?».

«No muchos», contesto.

«Pues podrías vender algunos», me dice mamá, y echa otro vistazo alrededor. «¿De qué más quieres desprenderte?».

Déjame pensar...

«De nada de lo que hay aquí», digo, intentando PROTEGER mis cómics. «Necesito TODOS los cómics para un trabajo de clase». (Y es la pura verdad..., o lo sería si no hubiese cambiado de grupo).

«Aquí no tienes sitio para TODO ESTO», suspira mamá. «Quédate solo con lo que quieras de verdad».

Eso me recuerda una cosa de la que mis padres se deshicieron aunque yo la quería DE VERDAD...

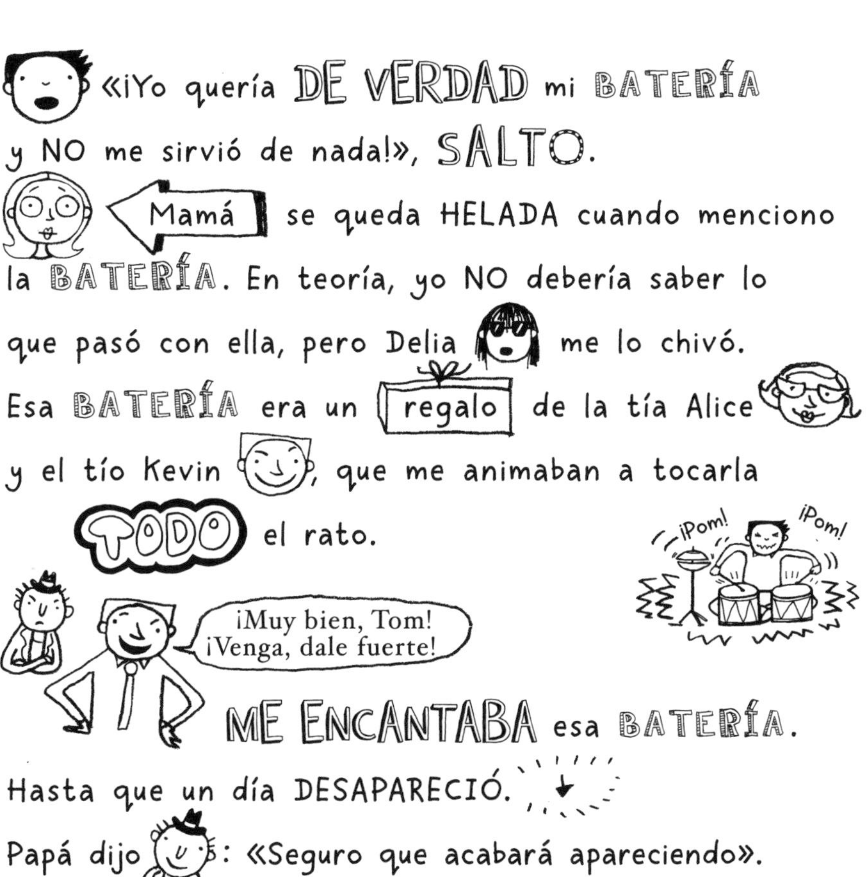

«¡Yo quería DE VERDAD mi BATERÍA y NO me sirvió de nada!», SALTO.

Mamá se queda HELADA cuando menciono la BATERÍA. En teoría, yo NO debería saber lo que pasó con ella, pero Delia me lo chivó.

Esa BATERÍA era un regalo de la tía Alice y el tío Kevin, que me animaban a tocarla TODO el rato.

ME ENCANTABA esa BATERÍA.

Hasta que un día DESAPARECIÓ.

Papá dijo: «Seguro que acabará apareciendo».

PERO nunca apareció.

¡Hasta que un día la VI en el ARMARIO de mis padres! Me ALEGRÉ muchísimo.

«Anda... ¿Cómo habrá ido a parar aquí?», dijo mamá.

Me puse a tocarla ENSEGUIDA. ¡Fue BESTIAL! Y entonces, MISTERIOSAMENTE, desapareció DE NUEVO.

Miré por TODAS PARTES otra vez, pero no la encontré.

No fue hasta MUCHO después, una vez que estaba practicando con la guitarra (bien alto, como debe ser), cuando Delia entró en mi habitación hecha una FURIA y me dijo que, si no PARABA de tocar tan FUERTE, mi guitarra acabaría en el mismo sitio que la BATERÍA...

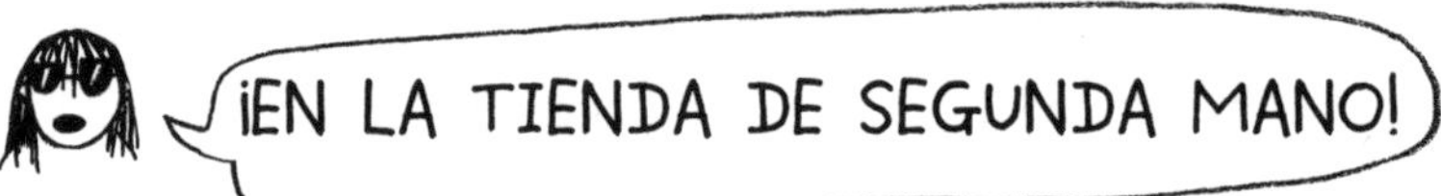

Yo repliqué:

¿A que se lo digo a papá y mamá?

Y ella:

«Allá tú. Fueron ellos los que llevaron allí tu BATERÍA».

Y DE REPENTE lo entendí TODO.

Cuanto MÁS pensaba en mi BATERÍA, MÁS me CUADRABA todo. Y ahora que le he recordado a mamá lo que pasó, ella parece menos empeñada en deshacerse de TODAS mis cosas. (¡Fiu! ☺).

«Estoy segura de que el tío Kevin te regaló esa batería para volvernos LOCOS, ¡y le FUNCIONÓ!», me explica. Y añade que me dejará comprobar TODO lo que ella meta en cajas.

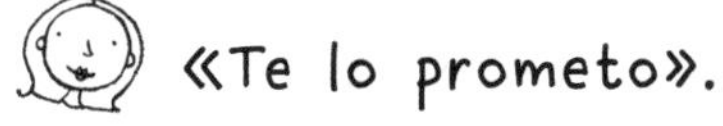 ¿Me lo PROMETES?», digo .

«Te lo prometo».

«¿Y me compraréis otra BATERÍA?»,

pregunto, esperanzado. 

«¿Tú qué crees?».

(Eso quiere decir que NO).

Más tarde, por la noche, PILLO a Delia cotilleando en la caja que hay delante de la habitación de papá y mamá.

¡ZAS! ¡Te pillé!

le digo, y se queda PATITIESA.

«Muy GRACIOSO, Tom. ¿Qué son estas cajas?».

«Mamá quiere que tiremos trastos para ir al RASTRO y venderlos».

«CORRECCIÓN: VOSOTROS iréis al rastro. Yo no tengo tiempo».

«Mamá dice que TODOS tenemos que deshacernos de nuestros trastos», le digo. «Si no, sería INJUSTO».

«Pero yo no tengo TRASTOS, así que no tengo por qué hacer nada», contesta.

«Sí que tienes. Ya los encontraré yo».

Cuando oye esto, Delia me dice:

«¡NI TE ACERQUES a mi cuarto!» y se va, cerrando la PUERTA en mis NARICES.

ENTONCES oigo girar una LLAVE. Eso es una NOVEDAD.

No sabía que Delia se encerraba con LLAVE.

Y SEGURO que mis padres tampoco.

PEGO la oreja a la puerta y escucho.

me grita. Pero yo me quedo muy quieto.

Contengo la respiración y me siento.

Yo no me muevo y sigo escuchando. Miro por el ojo de la cerradura, pero ha dejado la LLAVE puesta.

Delia TRAMA algo. Estoy SEGURO.

Me quedo un rato más, hasta que empiezo a aburrirme.

¿Y si es un ALIEN?  (No lo sé...).

A la mañana siguiente, estoy tomándome los cereales cuando llega Delia .

No le digo nada de la puerta CERRADA CON LLAVE (ya llegará el momento).

Prefiero CONCENTRARME en la caja de cereales APLASTADOS, que he dejado a la vista con la ESPERANZA de que se los ponga para desayunar. ¡Eso sería BUENÍSIMO!

«CÓGELA si quieres», le digo como si me diera igual.

 (Pero no me da igual).

LA COGE... (¡GENIAL!).

Y entonces la vuelve a DEJAR. (O no...).

 «Lo he pensado mejor. Mala suerte, Tom», dice.

(¿Cómo lo ha sabido? Igual sí que es una especie de ALIEN con PODERES PARANORMALES).

Será por ESO por lo que ahora se encierra con llave...

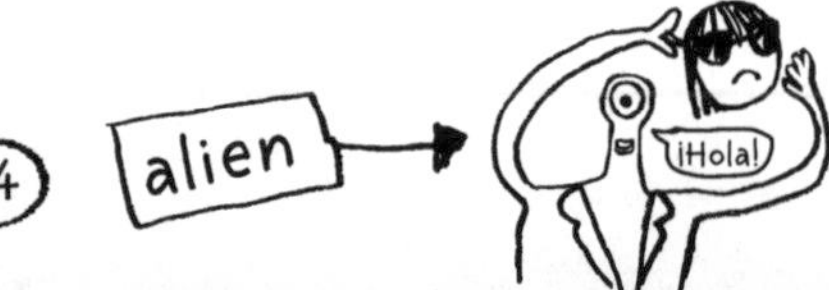

Me reserve la idea para el bloc de dibujo y CAMBIO de tema para ver QUÉ MÁS SABE mi hermana.

 «El fin de semana que viene...», empiezo.

«Es el cumpleaños de mamá. ¿Ya te habías olvidado ?», dice ella mientras se hace una tostada.

 «NO... Ahora IBA a decirte que es el cumpleaños de mamá».

«Ya, pero te habías olvidado», insiste ella. (¡Qué rabia!).

«Papá sí que se había olvidado, ¡pero YO NO!».

«¿DE QUÉ se ha olvidado papá ahora?», pregunta mamá cuando entra en la cocina.

No lleva la ropa normal de ir al trabajo.

«DE NADA», disimulo , porque papá está justo detrás de ella.

«Hoy haré una buena limpieza. Empezando por tu CABAÑA», le dice a papá.

¿Quéé?

«Allí tiene que haber MONTONES de cosas inútiles», sigue mamá, muy seria.

«NO, qué va», replica papá enseguida.

«¿Y ese aparato de GIMNASIA que NUNCA utilizas?».

«¡Lo uso CADA DÍA!», le asegura él.

«Colgar el sombrero y la chaqueta

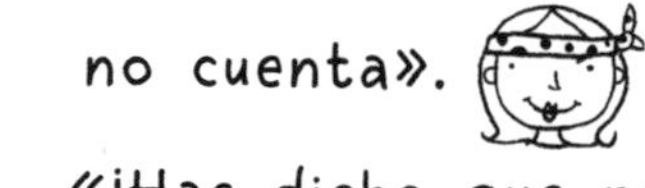
no cuenta».

«¡Has dicho que no lo usaba, sin especificar PARA QUÉ!», ríe papá.

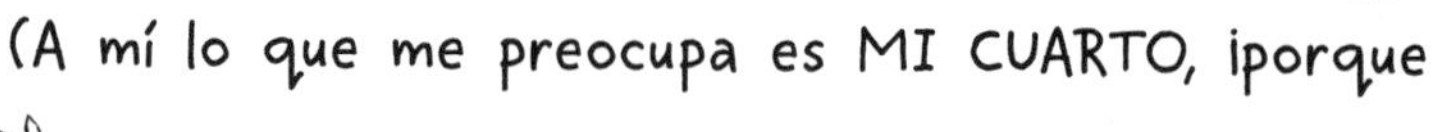
(A mí lo que me preocupa es MI CUARTO, ¡porque parece que mamá se prepare para una GUERRA!).

Antes de ir al cole, corro arriba y PEGO NOTAS en todas las cosas que no quiero que TOQUE.

POR SI LAS MOSCAS.

YO EN CLASE

Cuesta mucho concentrarse cuando te preguntas qué puede estar haciendo tu madre en tu cuarto.

En cuanto suena el timbre, le digo a Derek que tengo MUCHA *prisa* por ver cuáles de mis cosas se han salvado.

Cuando entro en casa, todo se ve diferente.

Subo las escaleras y veo que la habitación de Delia SIGUE CERRADA (con llave, seguramente).

Cosa que me huele mal (por muchos motivos).

Entro en mi cuarto... y está

TAN ORDENADO

¡HALA!

que casi no lo reconozco.

Compruebo lo que ha metido en la caja de «PARA VENDER» antes de decir:

«Sí, mamá, mucho mejor».

Ella me dice que, si vendemos algo de MI caja,

podré quedarme el dinero. ☺

«O la MAYOR PARTE, al menos»,

añade. Es mejor que nada, supongo.

MOLARÍA que me llegase para comprar un PATINETE. (En el cole hay muchos que tienen uno). O INCLUSO

(¡Cien, nada menos!). 

¡Sería una pasada! 

Ya empiezo a tener ganas de ir al RASTRO .

Hasta que mamá me recuerda a qué hora tendré que levantarme.

(Me meto en la cama algo más tarde para hacer algunos dibujos importantes en mi bloc, inspirados SOBRE TODO por Delia).

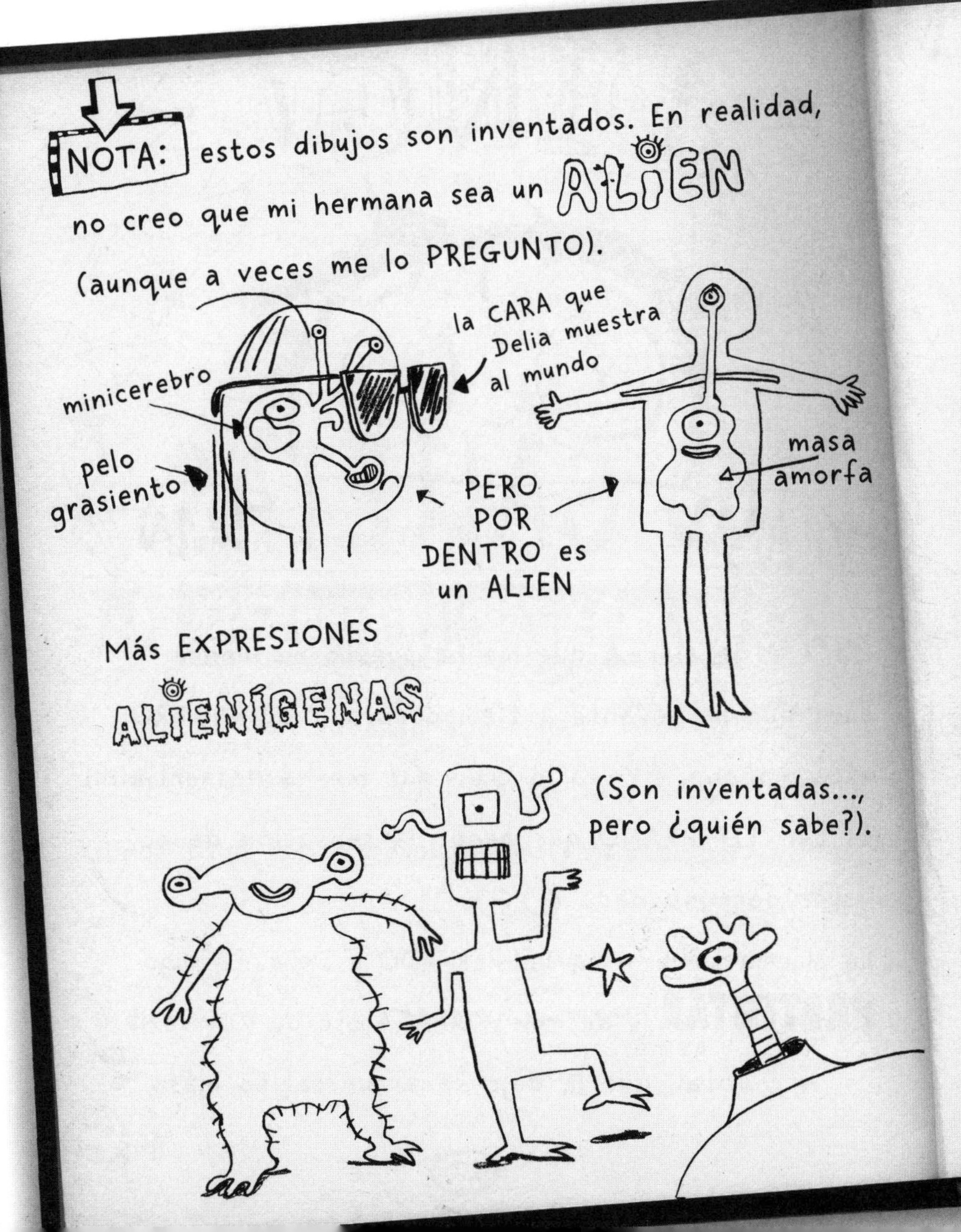

ESO es la alarma que me ha puesto mi madre para que me levante a tiempo para ir al RASTRO esta mañana. (¡Y ya lo creo que me ha despertado!). Es tan TEMPRANO que tengo la sensación de no haber dormido nada.

La alarma también ha DESPERTADO a Delia. La oigo **PROTESTAR** y decirme «¡APAGA eso de una vez!».

Total, que la dejo sonar un ratito más.

¡DING! ¡DING! ¡DING! ¡DING!

(Bueno, ya es suficiente).

Salto de la cama y me visto tan rápido como puedo. Y entonces dejo el despertador en la puerta de Delia y lo preparo para que vuelva a sonar a las SEIS.

(Justo cuando hayamos salido).

¡Ja! ¡Ja!

Mis padres ya están abajo.

Se les ve cansados.

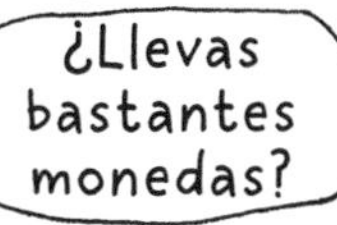

Papá sacude su riñonera llena de monedas.

«¿Y un rotulador para hacer los carteles?».

«SÍ, está TODO controlado».

«¡VENGA, VÁMONOS!», dice mamá, de lo más entusiasmada.

(Grrr...).

Mis padres se sientan delante en el coche...

... y yo me quedo apretujado detrás, entre las cajas. No veo nada que sea de Delia, ni siquiera alguna revista de **SÚPER ROCK**. (Lástima).

«¿Y por qué Delia no va a tirar nada?», le pregunto a mamá.

«No hemos podido entrar en su habitación. La puerta estaba ATASCADA».

«O igual estaba CERRADA», le digo. «El otro día la oí echar la LLAVE».

«¿Desde cuándo tiene una llave?», pregunta papá.

«¿Y qué necesidad tiene Delia de cerrar su puerta con LLAVE?», se pregunta mamá.

«Vas a tener que hablar con ella», le dice a papá.

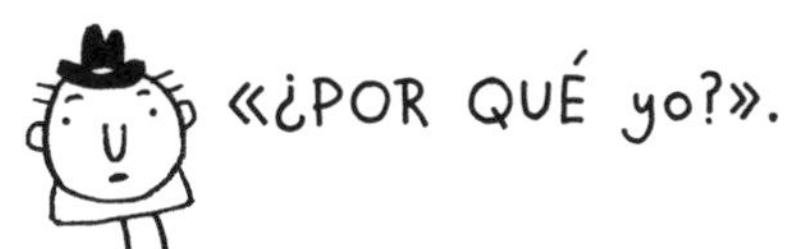

«¿POR QUÉ yo?».

«Ahora que lo pienso, el otro día olía a pintura en su habitación. Espero que no la esté redecorando ni nada por el estilo. ¿NOS VAMOS o qué?», pregunta mamá, impaciente.

«SÍ, sí, es que se tiene que calentar el motor».

Mamá se gira hacia mí y me dice:

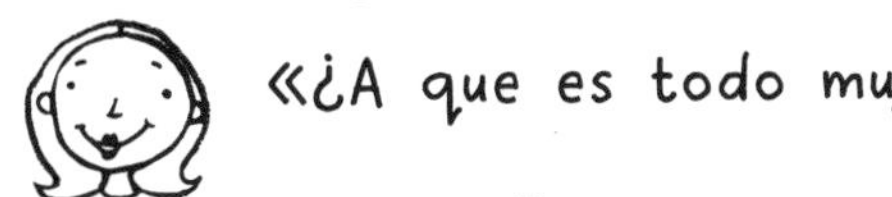

«¿A que es todo muy EMOCIONANTE, Tom?».

«Pues no mucho», suspiro.

Papá intenta arrancar el coche, pero hay un problema...

NO FUNCIONA.

Vuelve a girar la llave de contacto...

... y esta vez se oye un **FUERTE RUIDO METÁLICO**

que tiene muy mala pinta. ☹

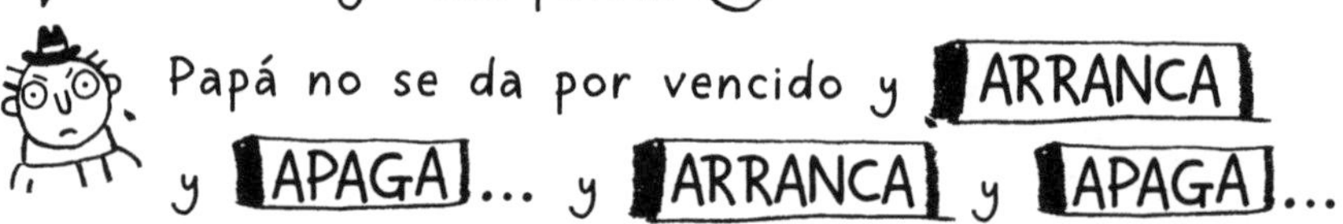

Papá no se da por vencido y ARRANCA y APAGA... y ARRANCA y APAGA...

También pisa todos los pedales, pero no hay manera.

«El coche se ha estropeado», dice.

 Después SACUDE el volante.

«¿Tú crees que eso sirve para algo?», suspira mamá.

 «¿POR QUÉ tiene que estropearse SIEMPRE este coche?», gime papá, apoyando la cabeza en el volante.

 «El tío Kevin cree que porque es MUY VIEJO. Dice que es una carraca», contesto desde el asiento de atrás.

«Gracias por la información, Tom», dice papá, girando la llave otra vez.

«Que arranque, POR FAVOR», pide mamá, sin perder la esperanza.

 «Entonces, ¿puedo volverme a la cama?». A mí me parece una pregunta muy lógica en esa situación.

«Iremos al rastro

SÍ O SÍ».

 «Solo era una pregunta».

Mamá parece MUY empeñada.

«Los vecinos están fuera este fin de semana y no podemos pedirles el coche», dice papá.

«¿Y los nuevos?», pregunta mamá (refiriéndose a los padres de June). Papá le recuerda que ellos no tienen coche. «¿Y si le pedimos ayuda a tu hermano Kevin?», propone mamá.

«¡NI HABLAR! NUNCA pararía de restregármelo. ¡Me pondría FRENÉTICO!», protesta papá.

(Yo ya le veo un poco FRENÉTICO ahora mismo). Y, mientras ellos discuten, yo sigo comprimido en el asiento de atrás.

«Tengo una idea», dice por fin mamá. «Llamaré a la abuela. Siempre se levanta muy temprano porque el abuelo ronca mucho».

Yo me PREGUNTO para qué querrá llamar mamá a LOS FÓSILES si ellos no tienen coche. Será que conocen a alguien en la RESIDENCIA DE ANCIANOS VIDA NUEVA que sí que tiene...

Oigo a mamá hablar con la abuela. Le dice: «¡Fantástico! Muchas gracias. Te debemos una».

Luego empieza a descargar el coche.

Eso es BUENA SEÑAL.

Yo también salgo y pregunto: «Entonces, ¿van a venir los abuelos con otro coche?».

Y mamá contesta:  «No exactamente».

(Eso sí que no me lo esperaba).

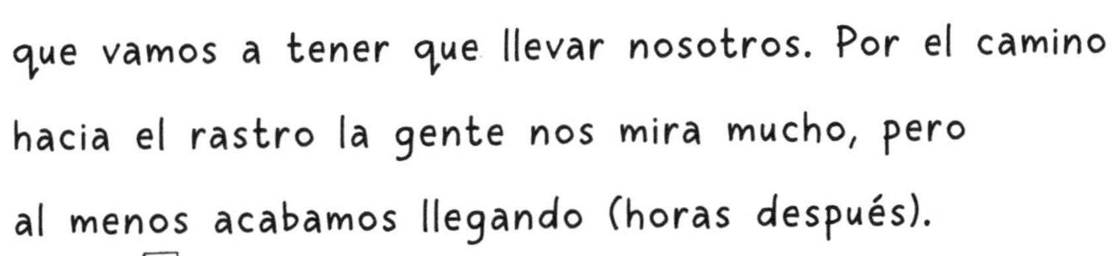

El pequeño remolque tiene el espacio justo para las cajas. Quedan algunas bolsas que vamos a tener que llevar nosotros. Por el camino hacia el rastro la gente nos mira mucho, pero al menos acabamos llegando (horas después).

Es tan tarde que ya nos han quitado las mejores plazas. El hombre que cobra el alquiler de los puestos nos dice: «Es el mejor sitio que puedo darles». Está justo al final del aparcamiento.

«Es mejor que nada», dice mamá, mirando a su alrededor.

«Sí. Empecemos ya o no vamos a vender nada», dice papá.

«¿Dónde está la mesa para ponerlo todo?», pregunta mamá.

«¿Qué mesa?», contesta él. (Papá se ha olvidado de la mesa).

Yo intento quitarme de en medio mientras piensan qué poner en lugar de la mesa. (El remolque + las cajas con bandejas encima).

Me están RUGIENDO las tripas, y cuando el abuelo propone que vayamos a comprar desayuno para todos, exclamo:

«¡SÍ, POR FAVOR!».

La abuela le dice al abuelo: «¡SOBRE TODO, que sea comida sana!». «¡Descuida!», contesta él, dándose unas palmaditas en la barriga, y los dos nos ponemos en marcha.

Lo mejor del RASTRO es que NUNCA sabes qué vas a encontrar. Veo todo tipo de cosas en los puestos, como una zapatilla ENORME (al abuelo le gusta mucho), libros curiosos y un patinete.

«¡Anda, abuelo! ¡Yo quiero un patinete!  Vamos a echar un vistacillo».

El patinete está casi nuevo y el vendedor nos pide más dinero del que tenemos. (En realidad, yo no tengo nada. DE MOMENTO).

«Ya volveremos luego», dice el abuelo. «A lo mejor después lo encontramos más rebajado...», me susurra para que no lo oiga el vendedor.

El olor de la cafetería me distrae del patinete. El abuelo pide zumo de naranja natural y unas tostadas muy GORDAS con mermelada para todos.

Yo no dejo de mirar   toda esa cantidad de *PASTELITOS* y *BOLLOS*, y me pregunto si estarán tan ricos como parecen cuando el abuelo me propone: «¿Nos tomamos algo AQUÍ?».

«¡Buena idea!».  Y entonces él pide...

«Dos desayunos vegetarianos».  (Nada de pastelitos).

¡Pero resulta que eran PATATAS FRITAS! (¡Tomaaaa!).

«No le digas nada a tu abuela», me dice.

¡Vale!

Para cuando volvemos, mis padres (con la ayuda de la abuela) ya han montado el puestecito, que ha quedado mejor de lo que esperaba.

Aparte de TODAS las COSAS RARAS.

«¿Y toda esa ropa tan marciana?», pregunto.

«Te acuerdas del dinodisfraz que me puse, ¿verdad?».

(Ah, sí, ahora lo recuerdo todo).

«Son de varios trabajos que he tenido. Y llaman la atención de la gente», me explica papá.

Y es verdad. La gente está FLIPANDO (pero en el mal sentido).

Encima, parece que la MITAD del cole ha venido al rastro, porque CADA VEZ que levanto la vista descubro a alguien conocido que seguramente piensa:

Qué puesto tan RARO.

Y entonces me ven a MÍ ahí plantado.

Como Brad, de mi clase. Me saluda con la mano y yo hago lo mismo.

Oh, no... Ya solo faltaban los pequeños que siempre me ganan al CAMPI.

Los saludo también, pero con POCAS ganas.

El abuelo empieza a repartir las tostadas y eso me distrae un poco.

No tengo mucha hambre después de las patatas fritas y solo me bebo el zumo. Pero el abuelo consigue comerse un trozo de tostada.

«¿No vas a comer NADA más?», le pregunta la abuela.

«No te preocupes por MÍ. Estoy bien. Es que no había tostadas para todos», responde él como para darle pena (y lo consigue).

«Luego podríamos comprar algo para ti», le dice ella.

«¡PATATAS fritas!», propone el abuelo, y me guiña el ojo.

«Bueno, ya veremos», dice ella.

Yo no digo nada de la

ración de patatas que nos hemos zampado antes.

¡El abuelo es un

muy espabilado!

¡Ja! ¡Ja!

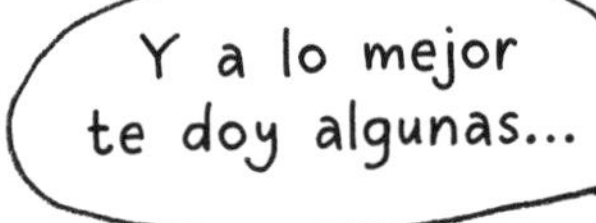

Ahora **TODOS** los puestos están llenos de gente... menos el nuestro. (O eso me parece a mí).

«Yo diría que tus botas **CANTOSAS** espantan a la clientela», le dice mamá a papá. «A este paso, no voy a tener tiempo de cotillear por el rastro», añade mientras empieza a cambiar las cosas de sitio.

«Deja, ya lo haré yo. Tú sal un rato y, antes de que vuelvas, verás cómo ya lo hemos vendido **TODO**. ¿A que sí, **Tom?**».

«No lo sé...», digo, porque yo no estoy TAN convencido como él.

Papá le asegura a mamá que nos las apañaremos, y ella se va a dar una vueltecilla.

«¡Venga, Tom! Vamos a poner estas cajas delante», dice papá, frotándose las manos.

Ahora nuestro puestecito se ve más caótico, pero enseguida se empiezan a notar los resultados.

Cosas diversas

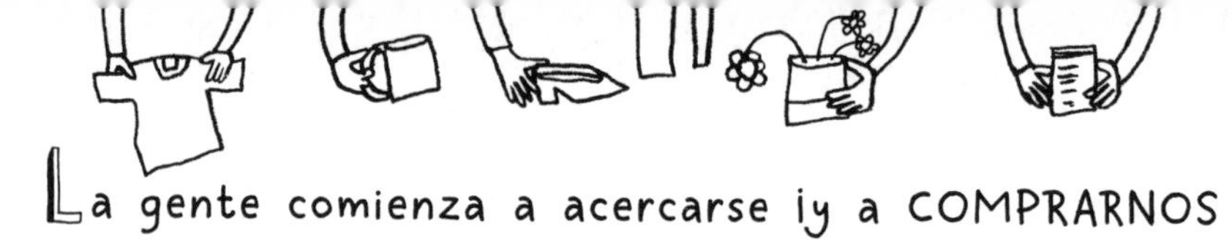

La gente comienza a acercarse ¡y a COMPRARNOS COSAS! Alguien se lleva incluso las BOTAS CANTOSAS de papá, que se anima enseguida ☺.

Yo también me animo cuando Brad se acerca y me enseña lo que ha comprado.

«Hola, Tom. ¡Mira qué tobogán acuático GIGANTE!».

«¡Es GENIAL! Siempre he querido uno», le digo.

«¿TE IMAGINAS que me dejaran llevarlo al cole y montarlo en el recreo?», dice Brad.

«¡Sería una PASADA! Pero con la suerte que tengo, fijo que acabaría chocando con algún profe», digo.

(Sería típico de mí).

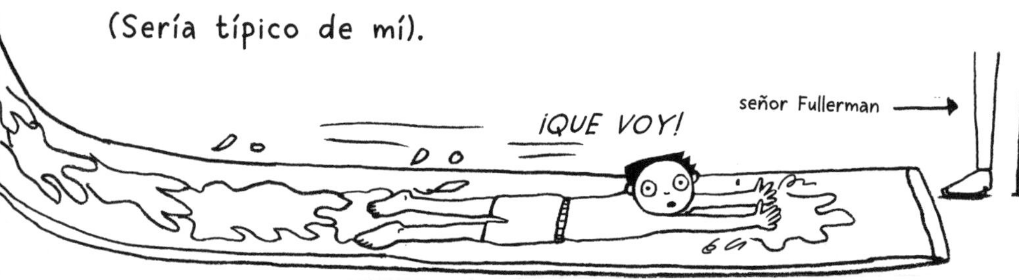

Brad se ríe y contesta: «Eso me recuerda que antes me he TOPADO con la señora Nap. Y Marcus también está aquí».

«¿Hay alguien del cole que NO esté aquí?». ¡No sabía que a la gente le gustara tanto el rastro! Todavía estamos charlando cuando se acerca una señora muy mayor con un pañuelo en la cabeza y coge la cajita donde está el broche del GATO BIZCO de mamá.

«¿Cuánto pedís por esto?», pregunta.

Papá se acerca enseguida. «Veamos... ¿Tú qué dices, Tom?».

Yo echo una ojeada y contesto muy convencido:

Es un gato muy especial».

La viejecita lo deja enseguida.

«Me lo pensaré».

«¡QUE SEAN DOS EUROS!», grita papá para animarla a comprar.

«No lo sé…», dice ella, y mira el broche un poco más. Mientras se decide, veo acercarse a Marcus.

«¿Tú qué haces aquí?», me dice.

«Vender helados, si te parece». 

«¿Tenéis helados?».

«No, Marcus, estamos vendiendo cosas de casa que ya no necesitamos». 

«¡Mira lo que he encontrado!». Brad le enseña el tobogán.

«No está mal. ¿Tenéis algo por el estilo, Tom?», me pregunta Marcus.

Marcus pone cara de decepción y Brad decide que ESTE es un buen momento para irse. «Ya nos veremos en clase». Ahora me he quedado solo con Marcus, que coge la cajita que estaba mirando la señora y la SACUDE MUCHO rato.

«¿Qué hay aquí?». 

«Un broche en forma de gato que ya debes de haberte cargado de tanto sacudirlo», le digo.

«¡Espero que no! ¡Quería comprarlo yo!», dice de repente la viejecita, después de ver a Marcus en acción.

Marcus nos devuelve la caja mientras papá sigue PENDIENTE de si la ancianita se decide DE UNA VEZ.

«¿Os parece bien un euro?», pregunta.

«¡HECHO!», dice papá antes de que ella cambie de opinión. La señora parece MUY contenta con el broche.

«Ya hemos hecho otra VENTA», sonríe papá.

«Genial», digo sin quitarle la vista de encima a Marcus, que se dedica a REVOLVER TODAS mis cosas y a hacer preguntas SIN PARAR. UFF...

«¿Este libro está bien?».

«Sí, está muy bien».

«Y entonces, ¿por qué lo vendes?».

«Porque ya lo he leído».

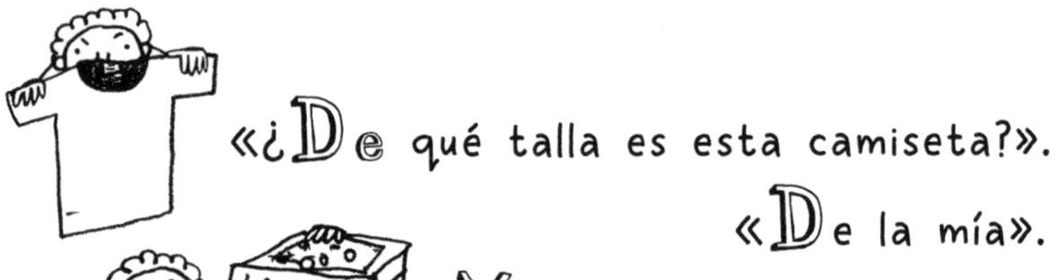

«¿De qué talla es esta camiseta?».

«De la mía».

«Y esto, ¿qué es?».

«Un JUEGO».

«¿Y no tienes más juegos?».

Me saca de QUICIO .

Papá acude al rescate y le enseña a Marcus algunas cosas que podrían gustarle.

«Esta cometa la construí yo mismo. Sigue mirando, Marcus, que TODO lo que ves es para liquidar», le dice.

(Yo sé de uno al que liquidaría AHORA mismo).

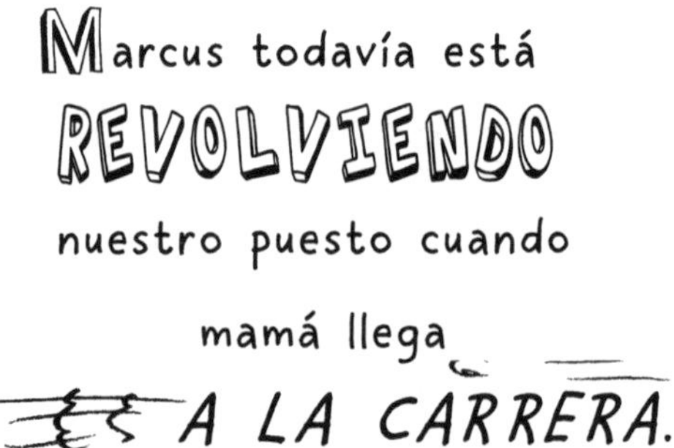

Marcus todavía está REVOLVIENDO nuestro puesto cuando mamá llega A LA CARRERA.

Viene sin aliento, JADEANDO.

«Acabo de ver a Alice y Kevin rondando por aquí. ¿QUIÉN les habrá dicho que íbamos a montar un puesto en el RASTRO?».

(Pueeees... me da que he sido yo).

Mamá está muy **AGOBIADA**.

«¡Rápido! Esconded TODAS esas tazas y el JARRÓN que nos regalaron. ¡Que no vean que los queremos VENDER!», grita mientras papá la ayuda a METERLO todo en una CAJA.

«¿Qué os pasa?», me pregunta Marcus.

(Sí, TODAVÍA está aquí).

«Nada, tú a lo tuyo» .

(Solo quiere cotillear). «¿Vas a comprar algo o no?», le digo.

«Todavía no me he decidido», contesta.

Mamá ya se ha calmado y FICHA a Marcus, que está mirando mis CÓMICS.

«Hola, Marcus.

¿Te gustan los cómics? Tom tiene muchos. DEMASIADOS, como puedes ver».

«AHORA ya no», le recuerdo.

«Pues ESTOS cómics me vendrían de perlas para MI proyecto de la **FERIA benéfica**.

Pero no creo que me llegue el dinero».

Y Marcus pone una cara muy triste mientras mira el dinero que tiene.

(¡Será repelente!). 

OOOH, QUÉ PENA.
BUENO, YA NOS VEREMOS EN CLASE,

le digo, intentando quitármelo de encima. Pero mamá ya ha metido mis cómics en una BOLSA.

«Nos harás un favor a los DOS, Marcus.

TOMA, QUÉDATELOS TODOS».

«¿QUÉÉÉ?».

Antes de que pueda detener a mamá o PROTESTAR, ya le ha dado EL LOTE ENTERO.

«Gracias, señora. Son perfectos para la idea de **Mi grupo**. ¿No te parece, Tom?».

(Me quedo muerto).

Mamá me dice con una gran sonrisa: «Una cosa menos para llevarnos de vuelta a casa. Tenemos que estar contentos porque para eso estamos aquí, Tom».

Yo QUIERO GRITAR:

«¡ME PARECE FATAL

y no estoy NADA contento!»,

pero sigo mudo.

Ahora tengo que ver cómo Marcus le da las gracias a mi madre por todos los cómics y se larga con aire chulito. Estoy a punto de preguntarle a mamá CÓMO se le ocurre regalar TODOS mis cómics cuando ella me da un CODAZO y dice:  «Oh, no. Ya llegan Alice, Kevin y tus primos. ¡No digas nada de las tazas! Tú compórtate con NATURALIDAD».

Pero a ella no se la ve nada natural.

«Vaya, mira quiénes están AQUÍ. ¿Qué tal va eso? ¿Ya habéis ganado vuestro primer MILLÓN?»,

dice el tío Kevin, y papá empieza a rabiar.

«Qué gracioso», gruñe.

Mis primos están comiendo buñuelos CALIENTES, y *huelen requetebién.*

(Los primos no, los buñuelos).

«Esos buñuelos tienen muy buena pinta», les digo, con la esperanza de que me ofrezcan alguno. Eso me ayudaría MUCHO a NO PENSAR en que Marcus se ha llevado TODOS mis CÓMICS por la CARA.

«Sí, ESTABAN buenísimos. Nos los hemos comido todos».

«Ah...».

(El día no hace más que mejorar... Grrr).

La tía Alice echa un vistazo a nuestro puesto y le dice al tío Kevin: «¡Qué idea TAN buena! Nosotros también deberíamos poner un puesto en el RASTRO».

«¿Con qué? No tenemos TRASTOS que vender».

(Eso le ha sentado mal a mamá).

«NO son TRASTOS, Kevin, son cosas que ya no queremos», le dice.

El tío coge uno de los sombreros ridículos de papá. «¡No me extraña que no queráis esto!».

«Pero a lo mejor hay alguien que sí. Esa es la GRACIA», explica mamá. «Mira, precisamente he comprado estos PENDIENTES que alguien no quería, pero que a mí me parecen ideales». Y nos enseña un par de pendientes con gatos y unas piedras azules alrededor.

«Yo creía que queríamos quitarnos cosas de ENCIMA, no comprar MÁS», comenta papá.

«¡Claro que sí! Pero...».

Ya empezamos, dice él, esperando la excusa de mamá.

«... Es que son PERFECTOS para combinar con el VALIOSO broche en forma de gato de mi tatarabuela».

Papá y yo no decimos nada. 

«Hace tiempo que quiero llevarlo a un buen joyero para que le arregle los OJOS. SOBRE TODO, porque el COLLAR del gato tiene incrustados DIAMANTES y ZAFIROS auténticos».

«¿Diamantes...?», repite papá.

«¿Estás segura?».

«¿Eso quiere decir que vale UN MONTÓN de dinero?», pregunto, y papá me clava la MIRADA.

«Creo que vi una joya parecida en RESTAURADORES DE TESOROS».

(Y yo creo que hemos cometido un error **TREMENDO**).

«¿Te encuentras bien, Frank? Parece que has visto un FANTASMA», se ríe el tío.

«Estoy BIEN»,  consigue decir papá (que no se encuentra nada bien).

«¿Lo ves, Kevin? Estos pendientes no son TRASTOS. Combinan estupendamente con mi broche en forma de GATO».

«¡También podríais VENDER el broche y comprar un coche que no se estropee cada dos por tres!», ríe el tío, señalando la moto especial de los abuelos.

«Ya hemos llevado el coche a reparar», contesta mamá muy seria. «Y no pienso dejar que NADIE venda MI broche. ¡ME ENCANTA! Ahora está en casa, A BUEN RECAUDO».

(Ojalá fuese verdad...).

Yo me quedo callado mientras papá me susurra: «¡Tenemos que encontrar a esa viejecita!».

Durante todo este rato, los primos no han parado de cotillearlo todo en nuestro puesto. Ahora han cogido una caja y han empezado a sacar cosas.

«¡MIRAD! ¡En casa tenemos unos JARRONES iguales!».

Mamá les QUITA la caja y dice: «¿QUÉ hace esto aquí? ¡No era para vender!». Y aparta la caja antes de que los tíos sumen dos y dos.

«Ya que estáis aquí, ¿por qué no aprovecháis para daros una vuelta por el rastro?», les propone.

«¡Buena idea!», dice papá.

Antes de irse, el tío Kevin le da una gran PALMADA en la espalda a papá.

«¡Que tengáis suerte con los TRASTOS que os quedan!», ríe

(pero papá no ríe nada).

«Y yo que creía que el día no podía ir a peor...», me dice papá. «¿Sabes lo que te digo? Que BUSCAREMOS a esa viejecita y RECUPERAREMOS el broche», añade en voz baja para que mamá no le oiga. «Vale», le digo.

«Toma, coge este billete de diez, y si la ves pasar, dáselo y explícale lo que ha pasado. Pero NO le digas nada de los diamantes... ¡o no querrá devolvérnoslo!».

«Sí, papá», le digo, y me meto el billete en el bolsillo.

«¿Qué *TRAMÁIS* vosotros dos?», quiere saber mamá.

«¡NADA!»,

contestamos los dos, tal vez demasiado rápido.

«Se me ha ocurrido ir a buscar a mis padres, a ver qué hacen», dice él.

¡Qué REFLEJOS!

Papá se va y yo me quedo vigilando en el puesto por si vuelve la viejecita. Mamá está distraída vendiendo cosas y charlando con la gente que se acerca. Mejor, porque si VIESE a papá corriendo de un lado a otro por el RASTRO, fliparía.

Yo también me esfuerzo mucho por localizar a la viejecita. De momento solo he visto a papá pasando por delante como cuatro veces.

DE PRONTO veo a una mujer con un pañuelo en la cabeza en el puesto de enfrente.

¡Tiene que ser ella, SEGURO! →

«Mamá, TENGO QUE IR a ese puesto...
¡AHORA MISMO!».

«Me parece bien, Tom, siempre que no te pierda de vista», me dice ella.

La viejecita no se ha movido. Estoy a punto de CORRER hacia ella cuando mamá me para.

«¡ESPERA, Tom!».

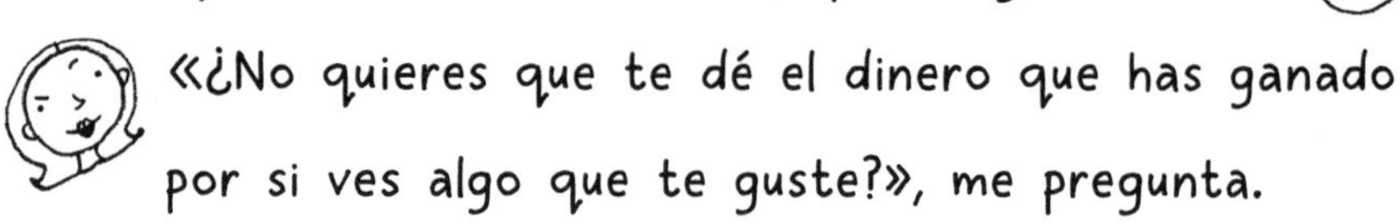

(¿Qué querrá AHORA?). «¡Mamá, que tengo PRISA!».

«¿No quieres que te dé el dinero que has ganado por si ves algo que te guste?», me pregunta.

«Ah..., sí, gracias».

Mamá me da unos cuantos euros que no esperaba y yo corro entre la gente hasta que encuentro a la viejecita del pañuelo. Está hablando con alguien y todavía me da la espalda. ¡QUÉ CONTENTO se va a poner papá!

Le doy unos toquecitos en el hombro y le digo...

Perdone, me parece que
nos ha comprado un BROCHE
en forma de GATO que NO
le tendríamos que haber
VENDIDO. MI madre
lo necesita porque es muy
ANTIGUO y pertenecía a la
TATARABUELA de su TATARABUELA.
Si le doy este dinero,
¿nos lo podría devolver,
POR FAVOR?

Hola, Tom. Soy yo, la señora Nap. Lo siento, pero no tengo vuestro broche.

(¡Brad no me había dicho que la señora Nap llevaba un PAÑUELO!).

¡Oh, NO! ¡Qué vergüenza!

«Perdone, creía que era una viejecita», le digo.

«Gracias, Tom. ¡A veces sí que me siento como una viejecita después de una semana de clases!».

Entonces veo un reloj de cuco que me distrae de la conversación. ¡Siempre he querido uno!

Me pregunto si funcionará...

«Espero que encuentres el broche, Tom», me dice la señora Nap.

(Ah, sí..., el BROCHE).

«Yo también», respondo, y echo otro vistazo al reloj. «Gracias, señora Nap. Mi padre también está buscando a esa viejecita, pero no sé si la va a encontrar. Aquí hay mucha gente».

«Buena suerte, Tom», me dice la profesora antes de irse.

Pregunto cuánto cuesta el reloj... ¡Y es una GANGA!

«¿Qué es eso?», me pregunta mamá cuando vuelvo.

«Un reloj de cuco, ¡y creo que funciona!», le digo muy animado.

«¿DE VERDAD lo necesitas, Tom?».

«¡SÍ! ¡Claro que sí!». (¿Y quién no?).

«¿Y dónde lo vas a meter?».

«Ahora tengo MUCHO espacio LIBRE donde ANTES estaban mis **cómics**», le recuerdo. (TODAVÍA me da mucha RABIA que se los haya regalado a Marcus).

«Y hará un ruido MUCHO más bonito que el del DESPERTADOR 12.30 que me regalaste».

(Es la pura verdad).

Me hace mucha **ILUSIÓN** enseñarle el reloj a papá cuando vuelva. «¡Adivina qué he encontrado!», le digo cuando le veo, y él me da un ABRAZO MUY FUERTE. «¡Qué bien, Tom! ¡Eres un chico MUY LISTO!». (Qué buen rollo).

«¡Y yo que CREÍA que lo habíamos PERDIDO para SIEMPRE! ¡Déjame verlo!». Parece más emocionado que yo con mi nuevo reloj. Hasta que se lo enseño...

«¿QUÉ ES ESO?».

«Un reloj de cuco», contesto. (¿Por qué todo el mundo me pregunta lo mismo? ¿Es que nunca han visto uno?).

«Pensaba que habías encontrado... ya sabes QUÉ», suspira él. «Ah, perdona. He visto a alguien con un pañuelo en la cabeza, pero resulta que era la señora Nap», le explico. Y él: «A mí me ha pasado lo mismo».

No tengo su broche.

«¿Todavía no habéis encontrado a los abuelos?». Mamá ha oído parte de la conversación y cree que papá quiere localizar a LOS FÓSILES. Él le sigue la corriente... «Sí, he buscado POR TODOS LADOS. Parece que han DESAPARECIDO por arte de magia. No sé DÓNDE pueden estar».

«Yo sí..., porque están ahí». Y mamá señala a...

... LOS FÓSILES, que están zampándose una ración de patatas fritas.

(Una SEGUNDA ración, en el caso del abuelo).

Como pronto cerrarán el rastro y NO hay forma de ENCONTRAR a la VIEJECITA del broche, empezamos a recogerlo todo para volver a casa.

El abuelo comenta que le da pena que me haya quedado sin el patinete, pero yo le digo que no pasa nada, porque AHORA tengo un reloj de cuco (y una pelotita de goma que no le he enseñado a mamá).

Los abuelos vuelven a casa con su moto especial y nosotros nos vamos a regalar las cajas y bolsas que quedan a una tienda de segunda mano.

(Incluidos el jarrón y las tazas).

«Alice y Kevin no suelen ir a tiendas de segunda mano, así que nunca los encontrarán aquí», dice mamá.

«¡Eso espero! Si no, nos lo restregarán TODA la vida», dice papá.

«Si los ponen en el escaparate, igual los ven. Como cuando yo vi mi BATERÍA», añado para recordarles que sé lo que pasó de verdad.

«Ya lo entenderás cuando seas mayor», me dice papá. Como hoy me he portado muy bien, me dejan comprar un par de películas de dibujos que he FICHADO en la tienda de segunda mano. Y LUEGO, como estamos muy cansados, cogemos un autobús de los de dos pisos para volver a casa. Me siento en el piso de arriba y papá me dice al oído: «Tendremos que encontrar otro broche para mamá, porque ya es muy difícil que encontremos a la viejecita».

«Yo seguiré buscándola», le digo.

«Nunca se sabe, papá. Podría aparecer en cualquier parte».

Cuando llegamos a casa, Delia sigue encerrada en su habitación.

«¿No os parece que huele a pintura?».

«A mí no», dice papá, y se sienta en su sillón.

«Tendrías que hablar con Delia de lo que pensamos de la pintura y de las puertas cerradas con llave», le dice mamá.

«¿Tan urgente es? ¿No puede ser LUEGO?».

«Supongo que sí», suspira ella.

Yo sí que me voy a HABLAR con Delia.

«¿Quieres ver mi NUEVO RELOJ?», le grito desde el otro lado de la puerta.

«¡NO!», grita ella. «¿Qué estás haciendo?», le pregunto.

«Lárgate, Tom. Y no vuelvas a dejar tu despertador en la puerta o a lo mejor te lo encuentras **ROTO**».

(¡Ya no me acordaba! ¡Ja! ¡Ja!). Me meto en mi cuarto y adelanto el reloj hasta la hora EN PUNTO para VER si funciona.

¡CUCÚ! ¡FUNCIONA!

¡Y suena FUERTE! Tan FUERTE que Delia lo puede oír. ¡Genial! Lo hago sonar otra vez... y otra...

BLOC DE DIBUJO

Apuntes INSPIRADOS en el día

que hemos pasado en el rastro:

PRIMER PLANO
de mis OJOS
cuando el despertador
ha sonado
tan temprano.
Así de impresionada estaba
Delia con mi reloj de cuco.
¡CUCÚ!

Nuestro profe ya se ha recuperado y está muy sonriente (cosa que no pasa a menudo). Cuando Marcus se sienta a mi lado, en vez de recordarle la SUERTE que ha tenido de poner sus → ZARPAS en MIS CÓMICS en el rastro, le digo:

«ME ALEGRO de que el señor Fullerman vuelva a clase». (JAMAS pensé que diría algo así).

¡Y Marcus está de acuerdo!

Yo también.

(¡Y eso tampoco pasa a menudo!).

PARECE simpático y todo.

Entonces, sin que venga A CUENTO, decide CHOCAR ESOS CINCO conmigo.

Pero nunca acierta a CHOCAR bien.

¡Qué LATA! Él va bajando el brazo hasta que nuestras manos se tocan casi por CASUALIDAD.

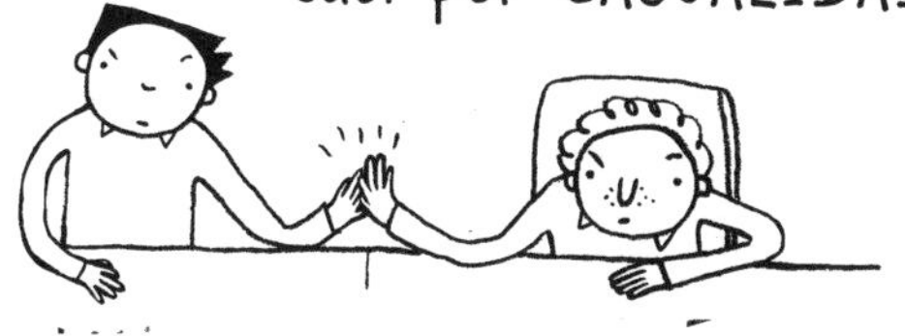

«¿Me estás VACILANDO o qué, Tom?», me pregunta, como si fuese culpa MÍA.

Menos mal que en ese momento el señor Fullerman empieza a pasar lista.

«BUENOS DÍAS, CHICOS. ¡ME ALEGRO DE VEROS!»,

«Buenos días, señor Fullerman»,

contestamos en un tono MUY alegre y ANIMADO.

«Espero que fueseis IGUAL de simpáticos y educados con la señorita Lara», añade.

(Hummm..., más o menos).

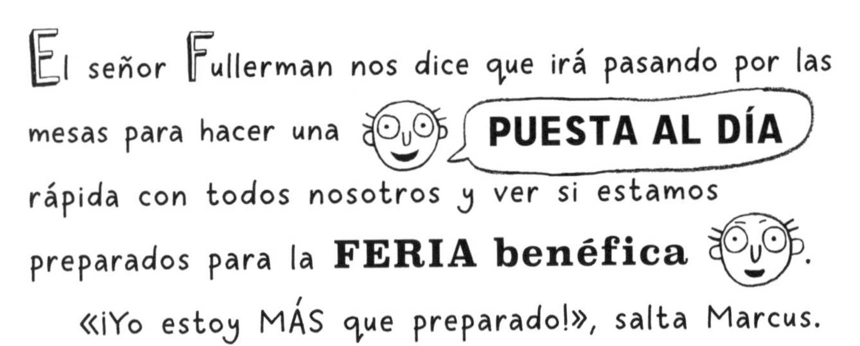

El señor Fullerman nos dice que irá pasando por las mesas para hacer una **PUESTA AL DÍA** rápida con todos nosotros y ver si estamos preparados para la **FERIA benéfica**.

«¡Yo estoy MÁS que preparado!», salta Marcus.

«Y yo», digo (aunque no estoy nada preparado).

Cuando el señor Fullerman llega a nuestras mesas, tengo que oír cómo Marcus le explica «SU idea» de hacer las carpetas de cómics.

«¿Le está diciendo que fue idea SUYA hacer las carpetas?», le pregunto a AMY para asegurarme de que lo he oído bien.

«SÍ, eso ha dicho», responde ella.

El señor Fullerman ya ha hablado con Mark y Norman, y por eso ya sabe lo que haré yo.

«Ya tengo ganas de probar uno de vuestros deliciosos pastelitos, Tom».

(¡Ja!, eso es lo que dice AHORA).

Cuando el profe vuelve a su mesa, le pregunto a Marcus: «¿Tu idea, has dicho?».

«No importa de quién sea la idea. Lo importante es trabajar juntos para recaudar dinero», dice él.

(Tiene RAZÓN... ¡y también MUCHO MORRO!).

... LO RETIRO. Porque ahora que se encuentra mejor, nos quiere hacer sudar TINTA. ¡Y encima parece que haya recuperado sus SUPERPODERES de vista y oído!

«Guarda ese cómic, Tom. Lo veo a través del libro».

Ahora señala un montón de hojas y nos dice:

«Hoy dedicaremos el día a ESTO. Es un tema que seguro que os GUSTARÁ a TODOS».

(Bah, ¿a quién quiere engañar?).

¡Es un MONTÓN altísimo!

Y empieza a repartir las hojas.

MITOS, LEYENDAS y CUENTOS

Demostrad vuestro talento para crear MITOS, LEYENDAS y CUENTOS.

Escribid una historia parecida a las que hemos leído, como *Robin Hood* o *Caperucita Roja.*

- **Pensad en qué ÉPOCA se sitúa vuestra historia.**
- **Presentad PERSONAJES interesantes.**
- **Cread un buen PLANTEAMIENTO, un NUDO fantástico y un DESENLACE fenomenal.**

Si hoy no os da tiempo, podéis acabar la redacción en casa. ¡Divertíos!

Señor Fullerman

¡Fiu! Al final no va a ser tan duro como pensaba.
Escribiré un cuento sobre un TROL MUY REPELENTE que va robando las ideas de los demás.

(¡Soy un genio!).

Intento imaginar qué aspecto tendría el trol.
(La inspiración me viene de todas partes).
Al final paso TANTO rato dibujando el trol que ya no me queda tiempo para escribir el cuento.

El señor Fullerman dice que tendré que terminarlo en casa.

Bueno, qué le vamos a hacer.

Y este es el trol. ¿Os recuerda a alguien?

El TROL repelente que creía que siempre tenía razón

Después del cole

Me encuentro a papá paseándose por toda la casa, que ahora está más VACÍA de trastos.

«Hola, papá», le digo, y TIRO la mochila al suelo. Papá tiene un papel en la mano y me lo enseña tan ENFADADO que PIENSO que es por algo que he hecho yo.

«Hola, Tom. ¿Sabes cuánto nos costará arreglar el coche?», me pregunta.

(¡Fiu! ¡No tiene nada que ver conmigo!).

Me encojo de hombros y digo lo PRIMERO que se me ocurre:

«¿UN MILLÓN de euros?».

«No vas muy desencaminado... Nos va a costar un riñón arreglar esa cafetera. Por ese precio, nos saldría más a cuenta comprar un coche nuevo».

«¡SÍ! ¡Compremos un COCHE NUEVO!», exclamo.

«Solo nos podemos permitir un coche VIEJO, pero eso ya lo tenemos. Entre ESTO y el broche que perdimos...», suspira papá.

Como le veo tan estresado, no le recuerdo que en realidad no lo *PERDIMOS*, sino que lo VENDIMOS por UN EURO. Intento ANIMARLE con alguna BUENA idea.

«¿Y si COMPRAS una moto como la de los abuelos para las **EMERGENCIAS?** ».

«¡Para eso prefiero esperar unos años!», se ríe papá. «Pero sí que he ENCONTRADO en mi cabaña OTRO medio de locomoción que igual podríamos usar.
¿Quieres verlo?».

«¡SÍ, VAMOS!», digo. Tiene pinta de ser DIVERTIDO.

¡Y LO ES!

¡Mamá también se anima a dar botes! (Delia no).

La FERIA benéfica

(Que no es hoy, sino mañana).

Para comprobar si estamos motivados para mañana, el señor Fullerman nos dice:

Vamos a recaudar MÁS DINERO QUE NUNCA, ¿A QUE SÍ?

«¡Síí!», chillamos todos. Y, al lado, la clase del señor Oboe chilla JUSTO al mismo tiempo que nosotros.

«¡Síí!».

Así que nuestro profe dice:

«¡NO OS HE OÍDO! ¿A QUE SÍ?».

Es como una competición de gritos...

 ... que ganamos nosotros. ☺

AMY, Marcus y su grupo ya han hecho las carpetas de **CÓMICS**.

«¿Me dejas ver una?», le pregunto a Marcus .

 «¡Quieto! ¡No toques las carpetas, Tom!», salta.

 AMY pasa de él y me enseña una carpeta.

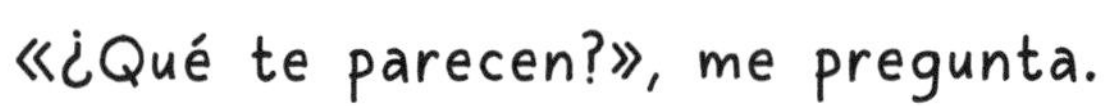

«¿Qué te parecen?», me pregunta.

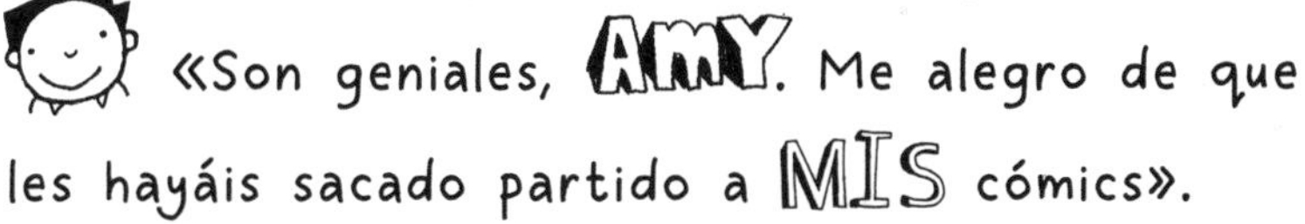

«Son geniales, AMY. Me alegro de que les hayáis sacado partido a MIS cómics».

«¿Tus cómics? Marcus nos ha dicho que eran SUYOS».

Le cuento toda la historia... 

«Los cómics eran míos, pero mi madre se los dio a Marcus».

«O sea, que pasaron a ser MÍOS», añade Marcus.

(Es verdad..., pero ERAN míos).

«De todas formas, íbamos a venderlos en el rastro».

«SÍ, ya te VI», dice AMY.

«Ah, ¿SÍ?».

«Sí, Florence y yo te vimos tocando el hombro de la señora Nap, y después os pasasteis mucho rato hablando», dice AMY.

«Es una historia muy LARGA».

Estoy a punto de contarla, pero entonces se METE Marcus: «NO es tan larga. Yo sé lo que pasó. Resulta que Tom VENDIÓ una joya muy cara y muy ANTIGUA de su madre por... flipa... ¡UN EURO! Y por eso le pidió a la compradora que se la devolviera».

«¿La señora Nap?».

«Es que creía que era la viejecita que nos había comprado la joya. Se parecía a ella, y por eso me equivoqué». (Menudo lío).

«¿Y tu madre ya sabe que vendiste su joya por solo UN EURO?»,

me pregunta Marcus.

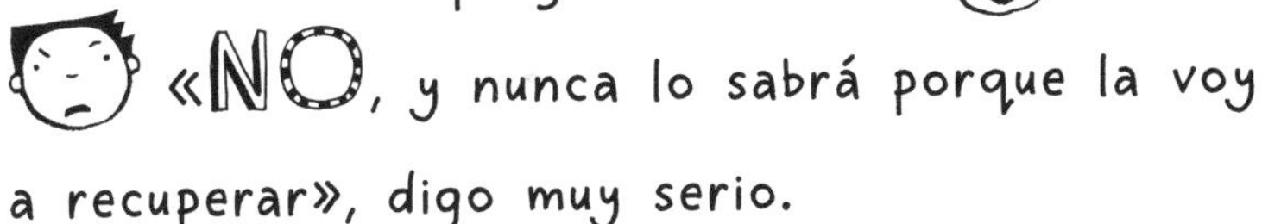

«NO, y nunca lo sabrá porque la voy a recuperar», digo muy serio.

«Ya verás cómo no» .

«Ya verás cómo sí».

(Igual no, pero no pienso reconocerlo delante de Marcus).

AMY me apoya diciendo: «Déjalo en paz, Marcus. A lo mejor sí que la recupera. Nunca se sabe».

«Lo veo muy difícil», insiste el muy plasta.

«Eso es lo que tú te crees», replico, y al final soy yo quien dice la última palabra, porque entonces llegan Norman y Mark para hablar de NUESTRO plan para hacer pastelitos.

¡HOLA!

De momento, nuestro plan es... HACER PASTELITOS.

Ya está.

Mark quiere saber si podrá traerse su SERPIENTE a mi casa. Buena pregunta.

Deja que lo piense. Hummm... Delia seguramente SALDRÍA PITANDO si viese una serpiente DE VERDAD en casa.

Mis padres tampoco estarían muy contentos.

Sería un CAOS.

Total, que le digo a Mark:

(Crucemos los dedos).

El resto del día me da DOLOR de 

.

Las MATES no son mi asignatura preferida,
y lo peor es que parece que TODOS (menos yo)
entienden lo que dice el señor Fullerman.

Pongo mi mejor cara
de «estoy concentrado»
y empiezo a pensar en
otras cosas. En PASTELITOS, concretamente.
Dibujo algunas variedades que sería GENIAL poder
vender... y COMER.

Sin darme cuenta,
ya se ha acabado la clase.

Derek me cuenta lo que ha hecho su grupo.

¡Suena GENIAL!

Es un juego de la ISLA DEL TESORO, y el PREMIO es un cofre LLENO de chuches.

Lo único que hay que hacer es adivinar en QUÉ casilla se encuentra el tesoro.

«¿Tú sabes dónde está?», le pregunto a Derek.

«¡No tengo ni idea!». (¡Lástima!).

(Tienes que escribir tu nombre en una bandera y luego clavarla en una casilla del mapa de tesoro).

maqueta con isla de arena

Cuando llego a casa, mamá todavía no ha vuelto del trabajo. Pero ha dejado una NOTA.

¿GALLETAS?

¿No íbamos a hacer PASTELITOS?

Me voy a hablar con papá en su cabaña. Le recuerdo que Norman y Mark vendrán a casa.

«¡Pero queríamos hacer PASTELITOS!», le digo.

«Mamá ha dicho que ibais a hacer GALLETAS. Es casi LO MISMO».

«Si tú lo dices...».

«Tranquilo, Tom. Lo tengo todo controlado», me dice papá.

(Yo no estoy tan seguro).

Me voy a abrir a Norman y a Mark, que acaban de llegar. Los dos traen ingredientes EXTRA.

Pero ninguna SERPIENTE.

(¡Qué LÁSTIMA!).

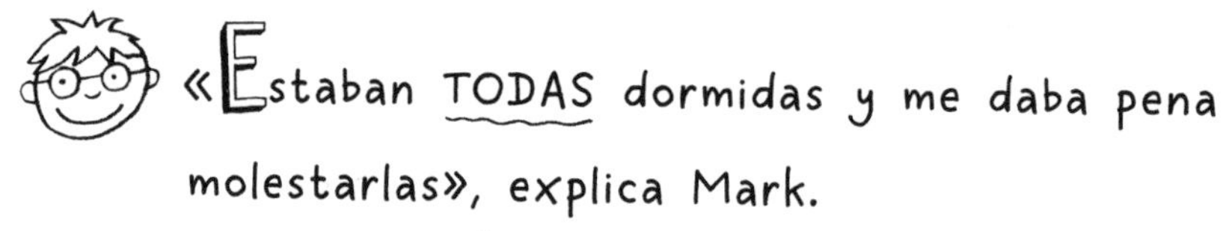

«Estaban TODAS dormidas y me daba pena molestarlas», explica Mark.

(¿Cómo que TODAS? ¿Cuántas serpientes tiene?).

Norman ha traído un molde de galletas con una forma muy RARA. Como ahora vamos a hacer galletas, puede servirnos.

«¿Qué es esto?», le pregunto.

«Yo diría que una HOJA, pero también podría ser un ALIEN.

Vete a saber», contesta Norman.

Papá sale de la CABAÑA y nos dice en tono muy alegre y decidido: «¡VENGA, CHICOS, lavaos las manos y empecemos!».

«Estas galletas serán las MEJORES que se hayan hecho NUNCA», dice Mark mientras se frota la barriga y se da golpecitos en la cabeza.

(Parece fácil, pero NO lo es).

Después de lavarnos las manos, nos ponemos a imitar a Mark. Ya empezamos a pillarle el tranquillo cuando vuelve a sonar el timbre.

«¿Lo habéis intentado al revés?», pregunta Norman.

«Yo abriré», dice papá. «Debe de ser mi

».

«¿Qué arma secreta?», le pregunto mientras me doy golpecitos en la cabeza con (la otra) mano.

(Ya estoy hecho todo un experto).

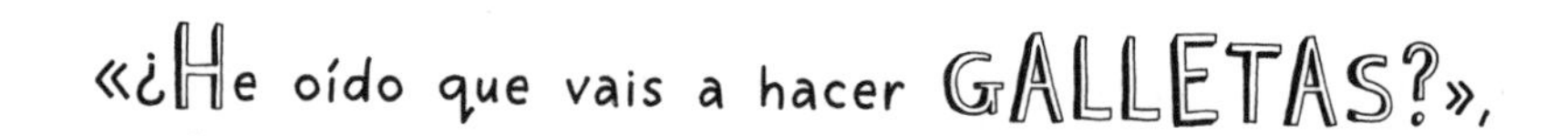

«¿He oído que vais a hacer GALLETAS?»,

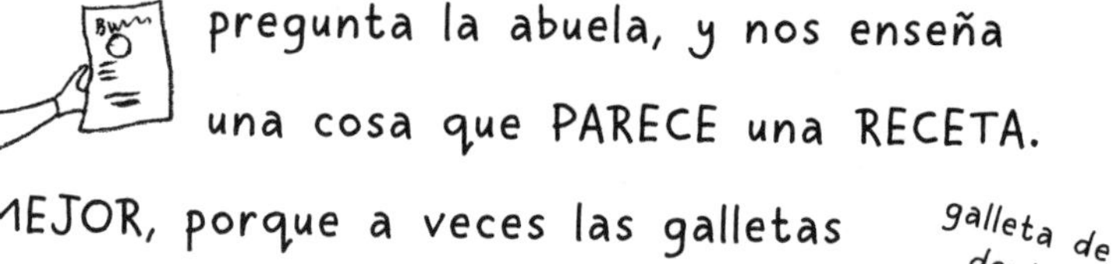

pregunta la abuela, y nos enseña una cosa que PARECE una RECETA.

MEJOR, porque a veces las galletas de la abuela son un pelín demasiado ORIGINALES.

galleta de dentadura

«¡He venido a AYUDAROS!», sonríe.

«¡Justo a tiempo! Los chicos ya están preparados», le dice papá... antes de dejarnos con ella y volver a su cabaña.

«Nos las apañaremos SOLOS, ¿a que sí, chicos?». (Eso espero). «Si me necesitáis, llamadme», se despide papá. La abuela hace sitio en la mesa para colocar todos los ingredientes antes de empezar.

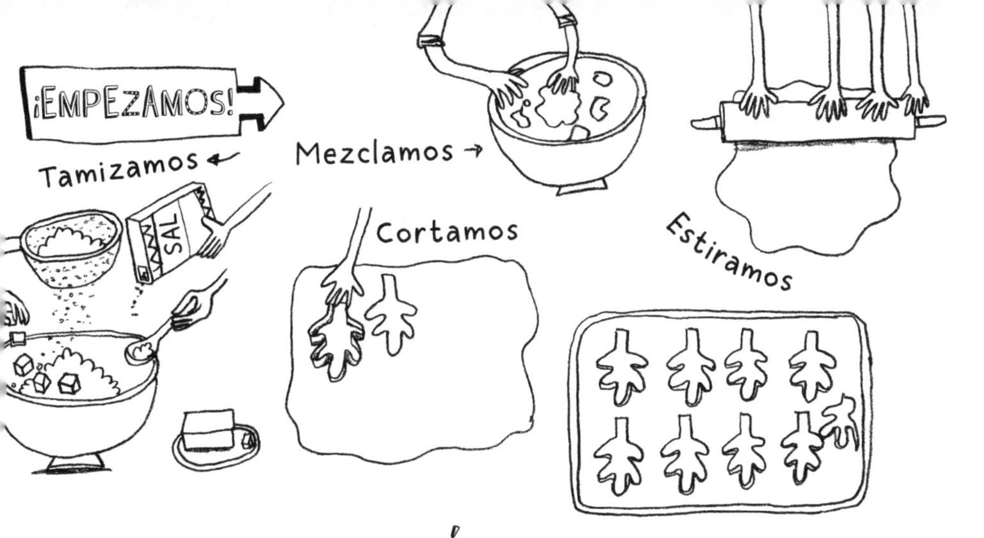

Hasta que... ¡TACHÁN! Las galletas ya están listas para meterlas en el horno.

«Buen trabajo, chicos. Las tendremos que hacer en varias tandas, ¡porque hay MUCHÍSIMAS!».

(¡DIEZ BANDEJAS!).

Mientras esperamos, vemos una de las pelis de segunda mano que compré. «Nuestras galletas tendrán MUCHO éxito, ya lo veréis.

¿Y SI LAS PROBAMOS?», propone Norman, que ya tiene hambre.

«Buena idea. Es importante saber cómo han quedado», digo.

(Pero hay un problema...).

«PUAAAAAJ...». Las galletas están **ASQUEROSAS**.

«No sé qué habrá pasado», murmura la abuela.

«Están **DURAS** como **PIEDRAS**, y encima, saladas», dice Norman (y es la pura verdad).

¡ES UN **DESASTRE** TOTAL!

«Y AHORA, ¿qué vamos a hacer?», pregunto, esperando que ALGUIEN tenga una buena idea.

«¿Y si volvemos a empezar?», propone Mark.

Pero me parece que no tenemos tiempo para eso.

(Tendría que haber imaginado que pasaría algo ASÍ).

La **FERIA benéfica** es MAÑANA... y Norman y Mark tienen que volver a casa.

Papá entra en la cocina para ver qué tal va todo.

«¡Qué BIEN *huelen* esas galletas!».

«Prueba una, a ver si sigues pensando lo mismo», le aviso. Da un bocado...

«Vaya...», dice, y tira el resto de la galleta a la basura.

«¿Y no podéis COMPRAR más galletas?», propone.

«No, papá. La GRACIA de todo esto es vender cosas que hayamos *HECHO* nosotros», le explico.

Miro a Norman y a Mark, que se encogen de hombros. Norman prueba otra galleta y por poco se **ROMPE** los dientes. **¡CRAC!** «No hay nada que hacer», dice con un gesto de dolor. «No me las puedo comer ni yo». Delia llega a casa y enseguida empieza a tocarnos la moral.

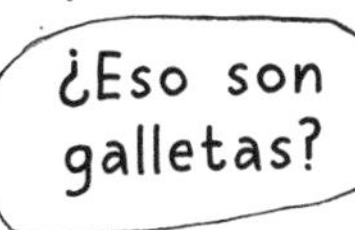

«Cómetelas si quieres», gruño con voz de FASTIDIO.

«¿No están un poco... DURAS?», pregunta, GOLPEANDO una galleta contra un plato.

«¡Espero que NO penséis VENDERLAS!»,

y APORREA la mesa con la galleta.

«NO, AHORA ya no. Tú no tendrás alguna idea, ¿verdad?», refunfuño, mientras Norman y Mark hacen el ganso con las galletas.

Delia va a la despensa y saca algo que parece COMIDA PARA PÁJAROS.

«Y ESTO, ¿qué es?».

PALOMITAS.

«¿Tú CREES?», pregunto, desconfiado .

«¡Todavía no están hechas, zoquete! El maíz se tiene que INFLAR».

(Ya lo sabía).

«¡ME ENCANTAN las palomitas!», exclama Norman.

«¡Y A MÍ!», añade Mark.

«¡Qué GRAN IDEA, Delia!», la felicita la abuela.

«Usaremos la máquina de hacer palomitas que os regalamos el año pasado. Será mucho más rápido y fácil».

ME **ALUCINA** que Delia haya querido AYUDARNOS con una BUENA IDEA.

(Tanta amabilidad es sospechosa).

Nos ponemos a hacer las palomitas, pero la abuela empieza a proponer SABORES RAROS.

«¿Qué os parece chile y naranja ? ¡Suena delicioso!».

(¡Para nada!).

«A los niños no les va a gustar, abuela» .

«¡A MÍ SÍ!», salta Norman.

Al final las palomitas que hacemos son un poco DULCES. Y también un poco **AZULES**.

«Les añadiremos unas gotitas de colorante NATURAL. ¿No os parecen más interesantes así?», insiste la abuela.

(A mí me parecen más AZULES, punto).

Resulta que, cuando comes palomitas azules, las manos se te ponen AZULES... ¡y los dientes también!

«Tranquilos, que ya se irá», nos asegura la abuela.

Y a mamá le dice JUSTO lo mismo...

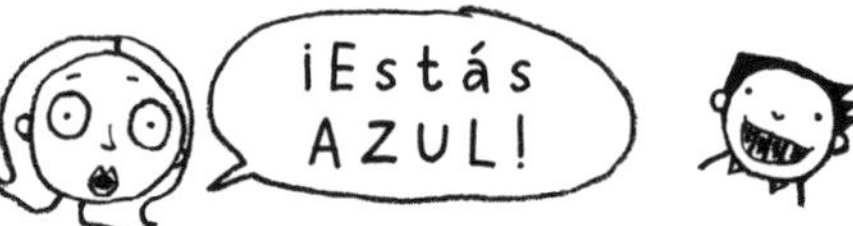

El padre de Mark también se queda a cuadros cuando viene a buscarlo a él y a Norman.

¿Qué es esto?

Mientras Mark va a coger su ABRIGO, mamá me envía a lavarme las manos. (La abuela tenía razón: el color azul se va).

Mark tarda SIGLOS en volver.

«¿Qué estará haciendo?», me pregunto, y Norman dice: «Me ha parecido que HABLABA solo».

Ahora le oímos decir:

¿Qué haces tú aquí, SERPIENTE mala?

(¿SERPIENTE, ha dicho?).

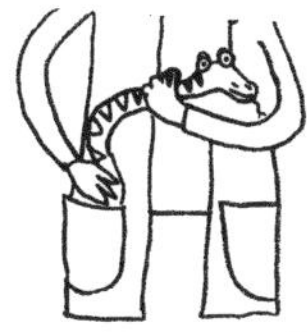

(Sí, ha dicho SERPIENTE).

«¡Mirad quién estaba escondida en el BOLSILLO de mi abrigo! Se ha metido ahí sin que me diera cuenta. ¡QUÉ TRAVIESA!». Mark nos enseña su serpiente, que es bastante maja. Parece que QUIERA decirnos hola. ¡Hola!

Mamá tiene CERO ganas de decirle hola.

Y Delia prefiere largarse.

«Es alérgica a los animales», explica mamá al padre de Mark mientras Delia huye PITANDO a su cuarto. Por desgracia, el padre de Mark le dice que vuelva a metérsela en el bolsillo antes de que se ACELERE demasiado. (Creo que se refiere a la SERPIENTE, no a Mark). Norman, que siempre está ACELERADO, me dice adiós.

«¡Hasta mañana! ¡Espero que Mark se traiga otra vez su SERPIENTE!», grita.

El padre de Mark dice que NI HABLAR. (¡Qué pena!).

Pero AHORA tengo un MONTÓN de ideas NUEVAS para mi

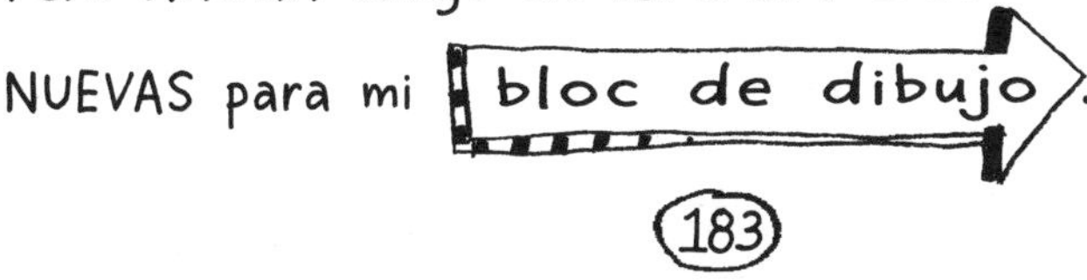

.

Ideas inspiradas por la serpiente de Mark:

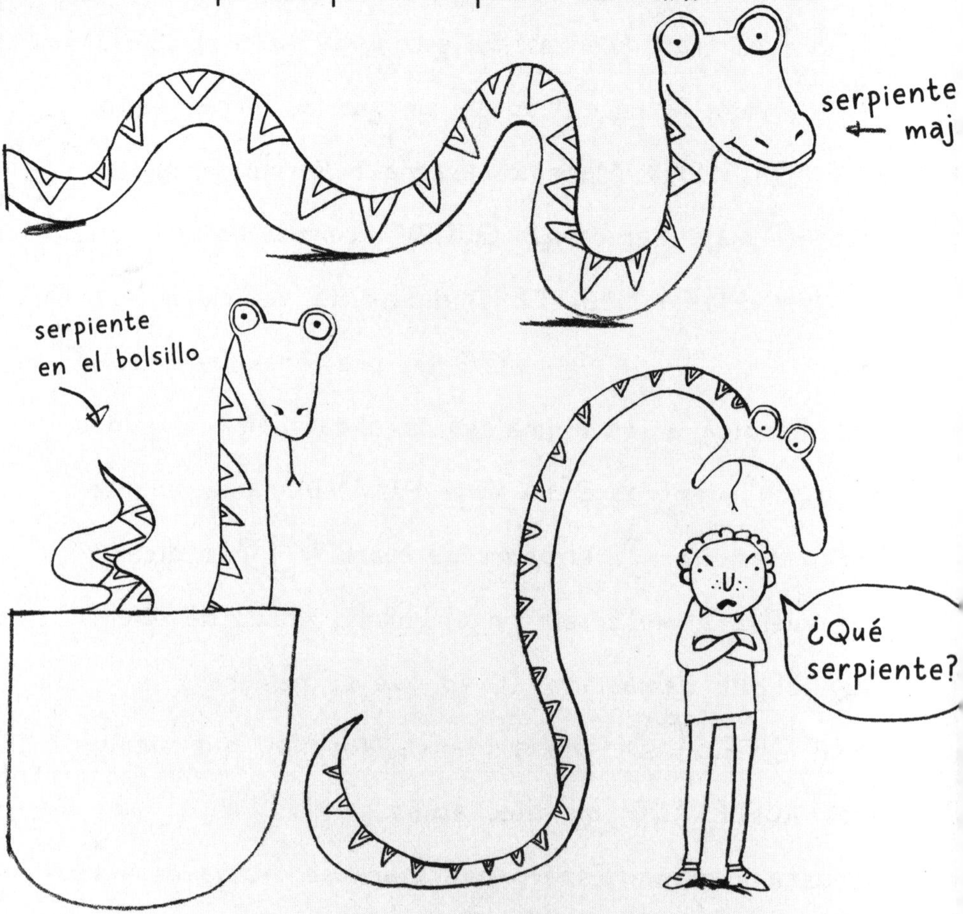

serpiente
maj

serpiente
en el bolsillo

¿Qué
serpiente?

(¡Es broma!).

Delia cara a cara con la serpiente.

Mamá nos ha ayudado a empaquetar las palomitas, y ya están listas para llevarlas al cole. (Han quedado muy bien, modestia aparte).

Como el coche sigue estropeado, papá dice que nos ayudará a Derek y a mí a llevar nuestras cosas al cole. (En mi caso, son los paquetes de palomitas, que no pesan nada).

«¡Que tengáis suerte hoy! Por cierto, Tom, los abuelos quieren que te pases por su casa después del cole. Es IMPORTANTE. Creo que tienen una SORPRESA para ti. ¿ME OYES?».

«Sí, mamá», digo (sin escucharla casi).

«El día de mi CUMPLEAÑOS haremos palomitas AZULES, ¿qué os parece?», dice mamá con una SONRISA.

Cada vez que mi madre menciona su cumpleaños, papá y yo nos quedamos mudos. No es la primera vez que pasa, y ella empieza a *PENSAR* que le estamos PREPARANDO alguna **GRAN** sorpresa de cumpleaños. DE MOMENTO, la única sorpresa que tenemos es que hemos vendido su broche por un euro.

(PERO eso no se lo vamos a decir).

Oh, no...

«Todavía estoy buscando un broche, Tom. AÚN no me he rendido, PERO, por si acaso, tengo un plan B», me dice papá.

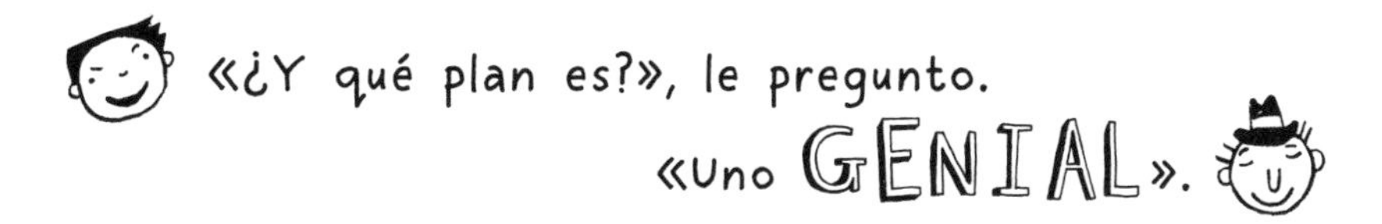

«¿Y qué plan es?», le pregunto.

«Uno GENIAL».

(Eso quiere decir que no tiene nada pensado aún. A mí no me engaña).

En el cole...

Esta mañana hay mucho SOL.

Es perfecto para la **FERIA benéfica.** El señor Keen le ha pedido a Stan (el conserje) que ponga mesas fuera, delante del colegio.

Derek y yo nos vamos cada uno a nuestra clase cuando el señor Keen hace un anuncio por MEGAFONÍA para RECORDARNOS a todos que...

«¡La de hoy será la MEJOR FERIA benéfica de la HISTORIA!».

(¡Eso espero!).

Han colgado una GRAN pancarta de la **FERIA benéfica** del año pasado y alguien le ha añadido un DETALLITO, pero me da que los profes no se han dado cuenta aún.

FERIA BENÉFICA
¡ACERCAOS AL GRAN ~~FORO~~ BOBO DE LA ESCUELA!

El señor Fullerman dice que daremos «clases NORMALES» hasta la hora de comer, empezando por la de LENGUA. Pero hoy no hay quien se concentre.

«Estáis armando demasiado follón. Ya sé que estáis inquietos, pero bajad la voz, por favor».

En las mesas del fondo están todas las cosas que vamos a VENDER. Incluidas las PALOMITAS. Cada dos por tres me doy la vuelta para controlarlas.

«¿Dónde están vuestros PASTELITOS?», dice Marcus.

«Cambio de PLANES. Hemos hecho PALOMITAS».

Marcus hace una mueca. «¿Por qué son **azules**?».

«¿Por qué no? Están igual de ricas».

«¡PUAJ, qué **ASCO**!».

«Pues no te las comas», le digo. Y ya no hago más caso a sus MUECAS.

«BUENO, chicos, ¿estáis listos?», dice el señor Fullerman.

Y enseguida añade: **«¡SIN CORRER!»**, cuando ve que todos salimos corriendo por la puerta.

Julia e Indrani han vuelto a clase porque ya no están enfermas (aunque Julia NO PARA de sonarse).

sniff
sniff

Las dos nos están ayudando a hacer los CARTELES que vamos a colgar.

«Solo tenéis que tachar ~~PASTELITOS~~ y poner PALOMITAS», les digo.

¡Mmmmm!
~~Pastelitos~~
Palomitas 1 €

Enseguida lo tenemos todo montado.
En cada mesa están los nombres de cada grupo (eso ayuda mucho).

Tom Mark Norman

Julia Indrani

Veo que han colocado juntos todos los puestos de comida. Nosotros estamos al lado de los PINCHITOS DE FRUTAS. Eso es GENIAL, porque no nos van a hacer la competencia. (¿Quién va a querer pinchitos de frutas teniendo palomitas al lado?).

La señora Mega se acerca a nosotros y nos da una caja con monedas.

«Esto se llama "FONDO DE CAJA", ¡y no os lo podéis GASTAR! Es para darle cambio a la gente».

«¿Os imagináis cuántas galletas podríamos comprarnos con esto?», comenta Norman.

«¡ÑAM!». (Seguro que MUCHAS).

«Eso no se puede hacer», nos recuerda Julia, como si no lo supiéramos...

(Aunque es una pena).

Yo tengo dos euros para gastar (todavía no sé en QUÉ). Ya estamos preparados cuando suena el TIMBRE y todos salen disparados de las clases.

De momento tenemos bastante ÉXITO.

Las palomitas azules se están vendiendo bien.

De repente, Marcus aparece disfrazado de SUPERHÉROE y con un cartel enorme. Cuando se planta <u>delante</u> de nuestro puesto, le digo:

«¿Qué, Marcus, funciona el reclamo?». Y él contesta: «Claro que sí: TODO EL MUNDO me está mirando».

(No me extraña nada).

«Me refería al cartel, no al disfraz», le aclaro. «Hemos vendido UN MONTÓN de carpetas, y mi cartel atrae a los clientes. Pero a vosotros todavía os quedan muchas palomitas. Es normal», dice, de lo más chulito.

Pero antes de que le conteste, unos chavales le preguntan: «¿Tú vendes palomitas?». «No, yo no», contesta, enfurruñado. Y ellos se *ABREN PASO* para llegar a NUESTRA mesa. «Perdona, Marcus, ahora no te puedo atender. Estos chicos quieren nuestras palomitas AZULES».

(Es la pura verdad).

Antes de que nos demos cuenta, solo nos quedan

DOS PAQUETES.

«¿Nos las REPARTIMOS?», propone Norman.

Es una idea GENIAL, y enseguida la ponemos en práctica. (Solo queríamos comprobar si estaban ricas... ¡y lo están!).

La señora Mega ve que ya hemos terminado y viene para recoger lo que hemos recaudado. Le impresiona que lo hayamos vendido todo. ¡Buen trabajo!

Ahora tenemos tiempo para cotillear un poco.

Lo primero que hago es *correr* a probar suerte con el mapa del tesoro de Derek. Tardo MUCHO en decidir DÓNDE poner mis DOS BANDERAS, y Derek no me ayuda nada. ¡Ojalá gane yo!

¡Aquí!

¿O no? No lo sé...

¡Date prisa, Tom! Cualquier sitio sirve...

Me queda UN EURO para gastar y me quiero COMPRAR algo rico ☺. (No un pinchito de frutas. La fruta me GUSTA, pero me apetece algo MÁS goloso). He visto unos pastelitos que tienen muy buena pinta..., pero entonces FICHO una especie de turrones que prometen ser crujientes y apetitosos.

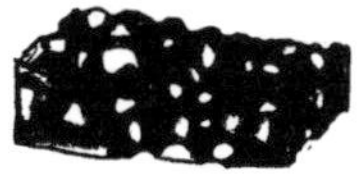

Muchos los están comiendo, o sea, que deben de estar RICOS. Pero mientras pienso qué es lo que quiero (¿un pastelito?, ¿un turrón?), la señora Mega toca el SILBATO y dice:

¡OS QUEDAN CINCO MINUTOS! ¡DESPUÉS TENDRÉIS QUE VOLVER A CLASE! ¡CINCO MINUTOS!

Entonces ME AGOBIO porque TODAVÍA no me he decidido. Un montón de chicos se abalanzan como buitres sobre los PASTELITOS y,

antes de que pueda ELEGIR...

¡... han desaparecido TODOS!
(bandejas vacías)
¿Quééé?, exclamo, pero ya es tarde.
Me doy la vuelta y corro hacia los POCOS turrones
crujientes y apetitosos que quedan.
VEO que ya solo hay
TRES.
Y ahora, solo DOS...
RÁPIDO... RÁPIDO... SOLO UNO.
Y le grito al chico que está más cerca de la mesa:
«¡GUÁRDAME ESE, ES PARA MÍ!».
Por suerte, Brad me oye y dice: «Hola, Tom.
Llegas A TIEMPO, es el último». Y lo mete
en una bolsa para dármelo.
¡Qué ALIVIO! Tengo tanta prisa
por pagar que el euro se me
RESBALA
de las manos...

... y cuando Brad intenta cogerlo, suelta la bolsa...

... que cae al suelo como una piedra. PERO el turrón crujiente y apetitoso está intacto dentro. (¡Menos mal!).

Hasta que alguien lo PISA sin querer...

y ya no está intacto.

«Lo siento, Tom. Puedes comprar otra cosa, si quieres», me propone Brad, y me devuelve el euro.

«No lo sé...», suspiro, mirando los trocitos crujientes y apetitosos.

En clase, Marcus me pregunta:

«¿QUÉ ES ESO?».

«Un pinchito de fruta. Los pinchitos de fruta me gustan».

(Es mejor que nada).

«¿En *ESO* te has gastado el dinero?», añade.

«No, también he participado en el juego del Mapa del tesoro». «Yo también», dice él, y entonces empieza a FARDAR de cómo SU grupo se lo ha currado un montón y ha vendido TODAS las carpetas de cómics, que eran ALUCINANTES.

(Grrrr...).

El señor Fullerman nos felicita a TODOS por nuestro esfuerzo para la **FERIA benéfica**. **«El señor Keen anunciará el ganador del juego del mapa del tesoro cuando acaben las clases».**

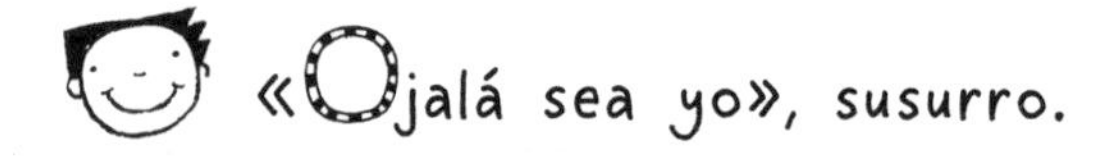

«Ojalá sea yo», susurro.

«Tom, ACABA de comerte eso rápido»,
me dice. **«Y Marcus, quítate ya el disfraz».**
Termino de comerme el último trocito de fruta y resisto
la tentación de jugar con el palito de madera
porque el señor Fullerman no me quita ojo de encima.
Cuando Marcus se quita el antifaz,
hago como que su cara REAL
me **ESPELUZNA**.

¡Qué horror!

«Ja, ja, no tiene gracia,
Tom», dice. (Sí que tiene gracia).
Y entonces me fijo en otra cosa graciosa.

«¿Has comido palomitas, Marcus?».
«¿Las azules? No, ya te he dicho
que eran un asco».
Pero me da que
no me dice la verdad.

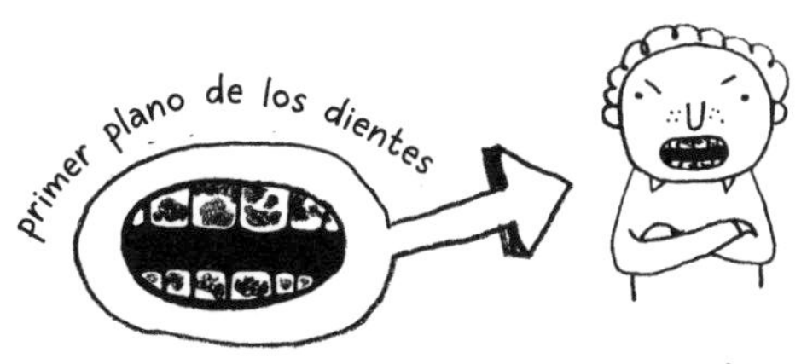

(Palomitas azules + Marcus = dientes azules).

Justo antes de que terminen las clases, el señor Keen anuncia el GANADOR del juego del Mapa del tesoro. Y la MALA NOTICIA es que...

no soy yo.

(Oooooh.)

No es difícil localizar al ganador.

Es Armario, que salta de la silla y da una VUELTA triunfal por TODA la clase para CELEBRARLO. LA BUENA NOTICIA es que Armario dice que compartirá el TESORO con sus amigos. Eso demuestra que es MUY buen chaval, porque más de uno no lo haría

(y no señalo a nadie).

Cuando SUENA el timbre y se acaban las clases,

Armario se va CORRIENDO a recoger su TESORO.

pinturas

monedas de chocolate

¡Viva!

Estoy a punto de irme con él  cuando AMY me pregunta:

«¿Te vienes al parque, Tom?

Iremos unos cuantos, y también algunos padres.

Armario se apunta».

Armario + tesoro + parque = chocolate.

¡GENIAL!

«¡Me APUNTO!», contesto. «Llamaré a mi padre para decirle adónde vamos».

Hoy estoy teniendo un DÍA REDONDO. AMY dice que han quedado en la salida del colegio.

Pero cuando voy para allá...

ME ESTÁN ESPERANDO. (¡Qué sorpresa!). Y entonces recuerdo que mamá me había INSISTIDO en que fuera a verlos después del cole. (Al menos, el abuelo **no** lleva la dentadura postiza EN LA MANO). Corro a saludarlos y la abuela me dice:

«¿Qué tal ha ido la venta de palomitas?».

«¡GENIAL! ¡Las hemos vendido todas!».

«¡Enhorabuena, Tom! Hemos venido para ahorrarte el camino a nuestra casa».

«¡Ya lo veo!».

«Y ahora, en marcha, porque tenemos una SORPRESA para ti», dice el abuelo.

Eso suena muy bien.

Armario pasa por delante con su TESORO.

«¡Nos vemos en el PARQUE, Tom!», dice.

Y Marcus (que va detrás) añade:

«Si no vienes, tocaremos a más cada uno, tú tranquilo». (Muchas gracias, Marcus).

«Si quieres, podemos ir al parque contigo y dejar la sorpresa para OTRO día, Tom».

«Aunque A LO MEJOR mañana ya no está», salta el abuelo. (¡Ahora sí que no sé qué hacer!).

¡CÓMO CUESTA decidirse a veces!

Por ejemplo, AHORA.

¿DEJAR la sorpresa? → NO.

¿Pedirle a Armario que me guarde algo? → (No lo sé...).

LOS FÓSILES están esperando una respuesta.

«Ya iré al parque otro día».

La abuela sonríe: «Fantástico. Venga, vámonos...».

¡... DE COMPRAS!

(Eso sí que NO me lo esperaba).

«Ah..., de compras. Qué bien», les digo.

Ya me estoy arrepintiendo de haber decidido NO ir al parque con mis amigos. (Buff).

LOS FÓSILES se paran todo el rato a MIRAR ÒÓ cosas en las que yo NUNCA ME FIJARÍA ÒÓ.

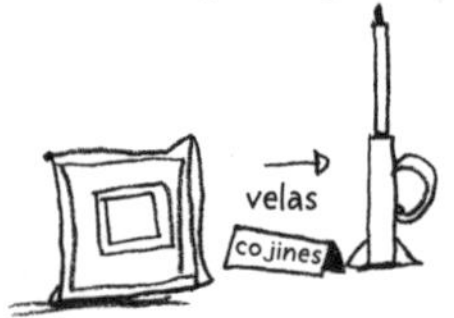

Para NO aburrirme, me entretengo BUSCANDO chicos con los DIENTES **azules** por las palomitas.

Veo a algunos que vuelven a su casa.

El abuelo dice que, si ÉL tuviese los dientes azules, se los quitaría...

Hola, Tom.

Aquí tenemos uno.

«¡... y les daría un BUEN cepillado!», ríe. Seguro que mis dientes todavía están un poco azules, pero no me los veo.

«Ya CASI hemos llegado», dice la abuela. Me alegro, porque el abuelo anda con bastón y va a paso de tortuga. Giramos una esquina y nos PARAMOS justo enfrente de la TIENDA DE SEGUNDA MANO a la que llevamos el JARRÓN y las TAZAS, y TAMBIÉN mi BATERÍA. (¡Pues vaya! Me pierdo el parque y el tesoro para ir a la TIENDA DE SEGUNDA MANO... ¡OTRA VEZ!).

«¿Entramos?», dice el abuelo.

Ya que estoy, busco la sección infantil para CONSOLARME. Tienen libros y pelis con una pinta interesante. Entonces el abuelo SEÑALA algo y dice:

«¿Te gusta eso, Tom?».

Me doy la vuelta y veo...

¡... un PATINETE que PARECE NUEVO!

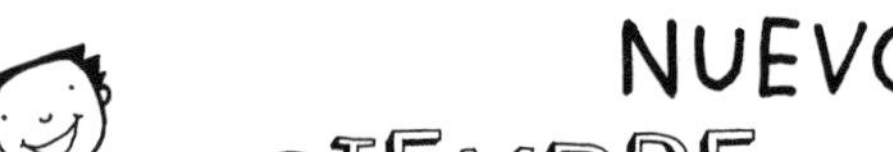

«¡SIEMPRE he querido uno!».

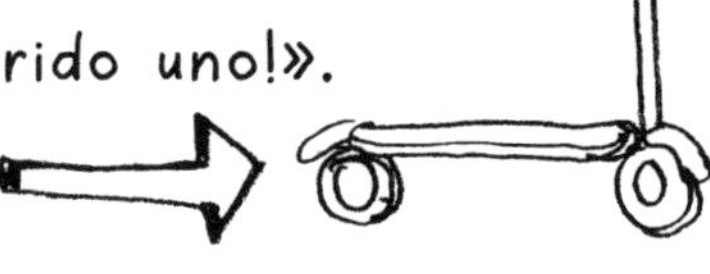

«¡Pues nos lo quedamos!», dice la abuela.

Les doy un abrazo a los dos y les digo:

«¡GRACIAS!».

(¡SABÍA que era una buena decisión ir con LOS FÓSILES!).

Cojo el patinete y lo llevo a la caja, donde hay una señora que mira la etiqueta y dice:

«Serán DIEZ EUROS, por favor. ¡Es una GANGA!».

De pronto, algo me hace CLIC en la cabeza.

¡Esa voz la he oído antes!

Levanto la vista y no me puedo creer quién es...

¡LA VIEJECITA que compró el broche de mamá en el RASTRO! (Pero sin el pañuelo en la cabeza). Quiero preguntarle si sabe algo del broche, pero ella vuelve a decirme: *«DIEZ EUROS, por favor»*. Yo la MIRO con unos ojos como platos  sin decir nada. Y cuando el abuelo está a punto de pagar, bajo la vista... y VEO

EL BROCHE DEL GATO

en el mostrador de cristal.

¡MIRA!

Estoy tan ALUCINADO que quiero gritar:

¡TOMAAAAAA! ¡YA ES MÍO!

Pero entonces caigo en que tendré que COMPRARLO. Miro la etiqueta, y pone DIEZ euros. ¿QUÉÉ? No tengo bastante (en realidad, no tengo NI UN CÉNTIMO). Rápidamente le pregunto al abuelo: «¿Os puedo pedir OTRA cosa?».

(ESO ha sonado un poco EGOÍSTA). Y les explico:

«No es para MÍ. Es un REGALO para el cumpleaños de mamá.
¡Este broche le va a ENCANTAR!».

Los abuelos se quedan A CUADROS.

«¿Estás SEGURO? Es MUCHO dinero por un broche tan raro».

«Mamá los colecciona. Estoy seguro de que le va a ENCANTAR. Si no, no os lo pediría, ¡pero es que será un regalo PERFECTO!».

Hay un cartel muy grande que dice SOLO EN EFECTIVO. El abuelo mira en su cartera. «No llevo dinero suficiente. Tendré que sacar del cajero».
«Prefiero el BROCHE al patinete», les digo (a la desesperada). Y el abuelo:
«No te preocupes, compraremos las dos cosas».

«Pues sí que tienes interés por ese broche, Tom», dice la abuela.
(¡YA LO CREO! ¡NI se lo imaginan!).

El abuelo sale de la tienda (MUY despacio) para ir al cajero automático. Por suerte, no está lejos.

Yo estoy CONTROLANDO el broche para asegurarme de que no me lo QUITE nadie, cuando la viejecita dice: *«¿Yo no te he visto en... dónde fue? ¡Sí, en el rastro!».*

Como no quiero que la abuela sepa que VENDIMOS el broche de mamá por un euro y que ahora lo tenemos que COMPRAR por diez, digo: «No, no era yo... Fijo que no».

«¿Estás seguro? Creo que te compré algo. ¿Qué era? Ahora no caigo».

(Glups). Yo me hago el loco y me alejo hacia la sección de discos VIEJOS. Con un poco de suerte, no le dará más vueltas. Echo un ojo a los discos y VEO muchos grupos que reconozco de la colección del padre de Derek. Y entonces encuentro otra joya... NO UNO, sino DOS álbumes de los **PLASTIC CUP**.

¡VIVAAA!

¡Hala!

PLASTIC CUP

1€

¡ESTE es MI DÍA DE SUERTE!

(ME ENCANTAN LAS TIENDAS DE SEGUNDA MANO... DESDE HOY).

Derek me dijo que los álbumes de los **PLASTIC CUP** están MUY solicitados. Tengo que quedarme con los dos SÍ O SÍ. Pero como no llevo dinero, tendré que pedírselo a LOS FÓSILES... otra vez.

El abuelo vuelve a entrar en la tienda (muy despacio) con otro billete de diez. «Ya está, Tom. Nos quedamos con el patinete y también con el broche raro para tu madre».

«¿Me puedo llevar los discos también?», les pregunto, un poco cortado.

LOS FÓSILES me lanzan una MIRADA y sueltan un SUSPIRO MUY fuerte. No me dicen que NO, pero capto la INDIRECTA.

(Ya los compraré más adelante).

Mientras la viejecita envuelve el broche (que NO le ha refrescado la memoria... DE MOMENTO), me meto las manos en los bolsillos y bajo los ojos al suelo para evitar su MIRADA. En el fondo del bolsillo noto un papel hecho una bola. Cuando lo miro, ¡RESULTA que es un BILLETE DE DIEZ **ARRUGADO**!

¡El que me dio papá en el rastro!

(¡Me había olvidado del todo!). **¡PREMIO!**

«¡MIRAD QUÉ HE ENCONTRADO!», grito, enseñándoles a todos el billete arrugado.

Estoy **CONTENTÍSIMO**, porque ahora me podré llevar el patinete, el broche de mamá y los dos álbumes de los **PLASTIC CUP** (que solo cuestan un euro cada uno). Doy CINCO euros a los **FÓSILES** para devolverles la mitad de lo que cuesta el broche y me quedo el resto para comprar una GALLETA DE CARAMELO para cada uno.

(¡DÍA REDONDO!).

Prefiero no pasar por el parque porque me MUERO de ganas de llegar a casa y contarle a papá lo que ha pasado. ¡Viva! (Y también a Derek).

Los abuelos me acompañan (a paso de T O R T U G A), pero no entran conmigo.

«No nos podemos quedar. Tengo que cocinar para unos amigos que vienen a cenar», me explica la abuela.

«No te preocupes por mí, me guardo la galleta de EMERGENCIA que me has dado..., por si acaso», dice el abuelo.

Me parto con él. ¡Ja! ¡Ja!

«Si quieres cocinar tú, yo encantada», replica la abuela.

Y el abuelo me dice bajito: «Tenemos que irnos ya o me la voy a cargar».

Los ABRAZO a LOS DOS, cojo el patinete, los discos y el broche, y me voy a buscar a papá.

Está en su cabaña, trabajando. Ñam...

PODRÍA darle la noticia sin más. O podría REÍRME un rato. ¿Qué hago?

(No tengo que pensármelo MUCHO...).

roche detrás de la espalda

«¡Adivina qué me han comprado los abuelos en la TIENDA DE SEGUNDA MANO!», le digo a papá para empezar.

«¿Un patinete?».

«¡SÍ! ¿CÓMO LO HAS ADIVINADO?».

«Era un presentimiento».

«Vale, ¿y qué más he encontrado?».

«¿Un jarrón viejo?».

«FRÍO. Prueba otra vez».

«¿Otra GUITARRA?».

«¡OJALÁ! Prueba otra vez».

«¿Una nave espacial?».

«Ahora me estás tomando el pelo... ¿Te rindes?».

Papá dice que sí... y YO le ENSEÑO el broche.

«¡BRAVO, TOM!».

Me abraza y me hace DAR VUELTAS (cosa nada fácil en una cabaña tan pequeña).

«Eres el chico MÁS LISTO del MUNDO ENTERO».

Y ES VERDAD. (Gracias, gracias).

Papá echa un vistazo al broche, que parece en buen estado (aunque el gato sigue bizco).

Estamos tan EMOCIONADOS que no vemos a mamá, que nos MIRA desde la puerta.

«¡Qué contentos estáis!

¿QUÉ SE CELEBRA?».

«¡NADA!»,

contestamos los dos a la vez.

Papá se esconde el broche en la mano y dice: «Los que están a punto de cumplir años no deberían hacer tantas preguntas».

«¡ESO!», digo yo. (Muy agudo, papá).

«Está bien...», contesta mamá, y se vuelve a meter en casa. Por cierto, que YO también debería hacerle un regalo. ¿Y si le doy el reloj de cuco?

No lo sé. Tal vez sí... o tal vez no (no me puedo decidir).

Ahora que mamá NO nos ve, papá saca el broche. «Lo llevaré a que le arreglen los OJOS y lo meteré en una cajita mona como regalo de cumpleaños», me dice. Es un buen plan. «Me alegro MUCHÍSIMO de haberlo recuperado», añade.

¡Y yo también! (¡FIU!).

Este es un momento IDEAL parar actualizar mi BLOC DE DIBUJO.

Está SUPERLLENO porque últimamente han pasado MUCHAS cosas.

Dibujo todo lo que puedo RECORDAR, con algunas NOTAS que explican los dibujos, para que el señor Fullerman no flipe demasiado cuando lo vea.

(A veces le pasa eso).

Como no tengo color **azul**, tendrá que IMAGINARSE que ESTO es AZUL.

(Aunque mi pelo no es azul).

Este soy YO, MUY CONTENTO porque las palomitas que hicimos para la **FERIA benéfica** se han vendido FENOMENAL.

(Yo, con los dientes **azules**).

Este es mi padre, más contento que unas CASTAÑUELAS por una cosa que he ENCONTRADO.

(No puedo decir lo que es, por si mi madre lee esto).

Esta sería la transformación de Marcus en un trol, paso a paso.

Lo dibujo para mostrar gran VARIEDAD de expresiones faciales (no por nada).

¡UJ!

(Luego seguiré dibujando).

Yo voy totalmente a mi bola cuando veo que Delia se ha dejado la LLAVE en su puerta sin querer. Como no se la oye, se me ocurre entrar para ver QUÉ trama. Ya estoy a punto de echar un ÓJÓ

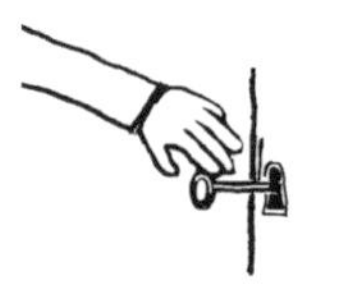

cuando mamá dice:

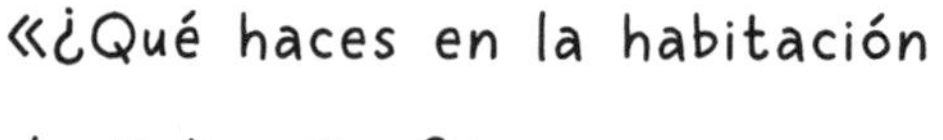

«¿Qué haces en la habitación

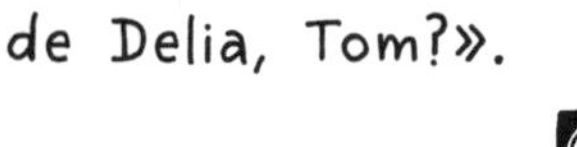

de Delia, Tom?».

«Es que se ha dejado la LLAVE en la puerta. ¡MIRA!». Eso llama la atención de mamá.

«No toques nada. Avisaré a papá para que entre él. Por si acaso».

(¿Por si acaso QUÉ? ¿Por si Delia al final es una alienígena? Porque todavía tengo mis sospechas).

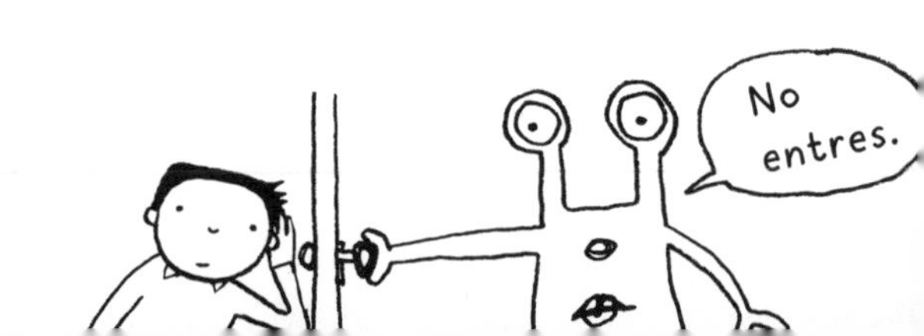

Mientras mamá se va a buscar a papá, yo miro por el ojo de la cerradura. Pero no veo nada. Está muy OSCURO.

«No seas cotilla», me dice mamá, que ha vuelto a pillarme. «Vete a tu cuarto. Y no le digas a tu hermana que hemos encontrado su llave. Ya se lo diremos nosotros si hace falta. ¿Vale?».

«Vale», contesto. (Esta información me podría ser útil en el futuro).

Me voy a mi habitación, pero ME ASOMO por detrás de la puerta.

No veo nada porque mis padres están EN MEDIO. Qué rollo.

RESULTA que no soy el ÚNICO en esta familia al que le GUSTA dibujar y esas cosas. Oigo decir a mis padres:

«Vaya, no esperaba encontrar aquí todos estos cuadros tan GRANDES», dice mamá.

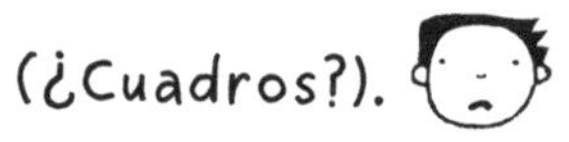

«¿Por qué no nos habrá dicho nada?», dice papá.

«¿Puedo MIRAR?», grito desde mi habitación.

Mis padres pasan de mí y siguen hablando:

«A lo mejor pensaba enseñárnoslos más adelante».

Antes de que pueda *ACERCARME* a echar un vistazo a los «CUADROS» de Delia, mis padres ya han vuelto a CERRAR la puerta.

«¡Jo, yo quería VER los cuadros **marcianos** de Delia!», protesto.

«No hace falta que veas ni DIGAS nada sobre los cuadros. Y no son **marcianos**».

«Digamos que son... ORIGINALES», añade papá.

«Es su manera de expresarse», explica mamá.

«Porque es una **marciana**», salto yo, y mis padres me fulminan con la mirada. Para que no empiecen a preguntarme si no tengo DEBERES que hacer (que es lo que suelen hacer cuando están hartos de mí), me meto en mi cuarto.

PARECE que Delia y yo tenemos más AFICIONES en común de lo que pensaba: los **DUDE3** ☑, dibujar ☑ y pintar ☑, aunque todavía no he visto sus cuadros. Y hablando de pintar...

Esto es un GARABATO que he hecho dibujando rayas alrededor de una mano y de un trozo de galleta. He tardado un buen rato, pero la galleta me ha dado energía para seguir.

Mantener la PROMESA de no decirle a Delia que papá y mamá se han metido en su cuarto y han descubierto sus cuadros **marcianos** es **MUCHO** más duro de lo que creía. **SOBRE TODO** cuando he visto lo que ha hecho con MI reloj de cuco. Investigando un ruido MUY **SOSPECHOSO** que venía de mi cuarto, ¡he encontrado **ESTO** en MI PAPELERA!

Delia había cerrado la puertecita con cinta adhesiva y el pobre cuco no paraba de darse golpes contra ella...

Reconozco que ese reloj sonaba cuando MENOS lo esperabas. Pero es un ruido que me GUSTA.

He CORRIDO a la habitación de Delia y he GRITADO en su puerta:

«¡NO ENTRES EN MI CUARTO y NO vuelvas a tocar mi reloj de CUCO, O YA VERÁS!».

(Me habría gustado decir: «¡O ya verás lo que hago con tus CUADROS marcianos!».

Pero no lo he hecho).

Sabía que Delia estaba dentro por el OLOR a pintura. Pero ella no ha contestado.

Ahora que sé que mi reloj la ALTERA, voy a QUEDÁRMELO para hacerlo sonar tanto como quiera. ¡Ja, ja!

No tengo un regalo de cumpleaños para mamá, pero todavía quedan SIGLOS. (¿Cuándo era, por cierto? Ah, ya me acuerdo...).

ES MAÑANA.

No hay problema, le haré una carpeta de **CÓMICS**. Como mamá REGALÓ casi todos mis cómics, va a tener que ser una carpeta pequeña (y le explicaré el motivo). Vuelvo a mi habitación y saco los pocos que me quedan. Me pondré a hacer el regalo ahora mismo..., en cuanto haya leído los cómics por última vez.

Mi plan de llevarle el desayuno a la cama a mamá no ha salido NADA bien. (¿Cómo iba a saber yo que había una ARAÑA en las FLORES que he cogido en el jardín?). La araña ha hecho saltar de la cama a mamá. La TOSTADA ha sobrevivido, ¡pero el zumo de naranja y los cereales se han DESPARRAMADO por todas partes!

Cuando mamá se ha recuperado del TRAUMA (y ha limpiado el estropicio), ha dicho que era un detalle MUY bonito ☺.

(Mamá no ha dicho eso, pero seguro que lo piensa).

Lo que sí que ha dicho es que hoy saldría de compras con unas amigas. Papá ha fingido muy bien que se ponía TRISTE por no poder ir con ella.

«¡Qué PENA! Tengo que quedarme a cocinar y a prepararlo todo para la cena especial de cumpleaños».

Papá está MUY CONTENTO desde que encontré el broche del gato. Ha conseguido arreglar los OJOS para darle una sorpresa a mamá. ¡Ya tengo GANAS de verle la CARA cuando abra la cajita!

Y hay MÁS BUENAS NOTICIAS, porque papá les ha pedido a Derek y a sus padres que vengan a casa.

Mamá ha invitado también a los primos, a la tía Alice y al tío Kevin. Ha dicho que «no podía NO invitarlos».

«Fantástico. Me encantan los comentarios de Kevin sobre mi cocina», dice papá.

«A lo mejor NO dice nada», contesta ella.

(Todos SABEMOS que lo hará).

Derek llega TEMPRANO con Pollo, y aprovecha para enseñarme algunos TRUCOS nuevos que le ha enseñado.

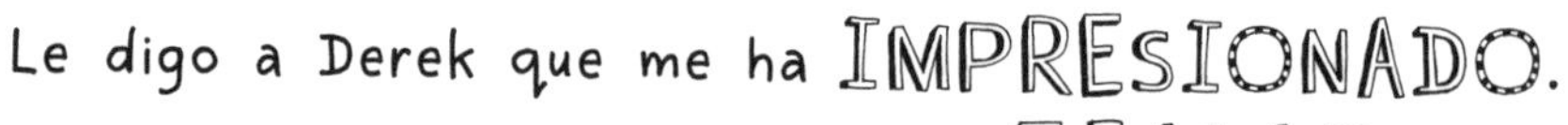

Le digo a Derek que me ha IMPRESIONADO.

«También ha aprendido a SEÑALAR».

«¡Ya lo veo!». Pollo es un perro muy listo.

Pasamos un rato pidiéndole que señale cosas.

Los abuelos llegan con la TARTA para mamá, que está sin decorar. «He pensado que me podríais ayudar», nos dice la abuela a Derek y a mí.

«He comprado grajeas de chocolate blanco GRANDES y de chocolate con leche pequeñas », nos explica, y eso nos acaba de convencer.

«¡CLARO que te ayudamos!», le digo. (El año pasado decoró la tarta con colines, así que las pastillas de chocolate son una mejora BESTIAL).

La abuela nos enseña cómo se hace. Tenemos que pegar la pastilla de chocolate pequeña sobre la grande con un poco de azúcar glas humedecido .

«¡No os comáis ninguna!», nos avisa.

Al acabar, nos damos cuenta de que ahora **PARECE** ÓÓ que la tarta esté toda cubierta de **OJOS.**

Voy a buscar mi regalo y lo dejo al lado de la TARTA DE OJOS. Delia llega de repente y dice:

«Qué tarta tan **SINIESTRA**».

Yo le digo que no hace falta que la pruebe si no quiere. «Así nos tocará más a nosotros... y a mamá» (ya que la tarta es para ella). Entonces le pregunto DÓNDE está SU regalo. «¿Se te ha olvidado?».

«Lo traeré luego... y DEJA de poner ese **CUCO** INSOPORTABLE pegado a mi pared», dice con cara de mosqueo.

(¡Entonces ha funcionado! ¡Ja!).

Cuando le cuento a Derek que he encontrado DOS álbumes de los **PLASTIC CUP** PLASTIC CUP, me dice que su padre querrá comprar UNO como mínimo. Sería GENIAL, porque entonces me podré comprar un montón de cosas ricas. «El disco que tiene él está un poco rayado. Pero tranquilo, que no sospecha de nosotros», dice Derek. (¡FIU!). ¡Cógelo!

«Papá se cree que lo hizo Pollo cuando brincó sobre el tocadiscos y saltó la aguja. ¡Yo preferí no decir nada!». RAAAS

«¡Menos mal!», digo yo.

Mientras esperamos a que mamá vuelva y lleguen todos los demás, le cuento a Derek la historia del BROCHE DEL GATO. Es así. -Hala.

Después vamos a cotillear al cuarto de Delia, pero nos encontramos con la puerta cerrada. «¿Y si hacemos una carrera con la pelota saltadora?», propongo, y a Derek le parece una idea FANTÁSTICA.

¡ESPERO que el cumpleaños de mamá SEA IGUAL DE DÍVER!

(Y RESULTA QUE...
¡SÍ que lo fue!).

Ni siquiera el tío Kevin consiguió aguarle la fiesta a papá, que GANÓ la carrera con la pelota después de un arranque l e n t o. Mamá dice que se le fue un poco de las manos cuando empezó a lanzar PUÑETAZOS al aire y a gritar: «¡SÍ! ¡SÍ! ¡SÍ!».

Pero a mí me hizo GRACIA ☺.

Derek y yo despegamos todos los ojos de chocolate que nos dejaron. Me zampé la mayor parte, pero como empezaba a empacharme, me GUARDÉ algunos para después.

DESPUÉS = AHORA

(Esta página de garabatos la he hecho antes de rematar el álbum de dibujo... y los ojos de chocolate).

¡ÑAM!

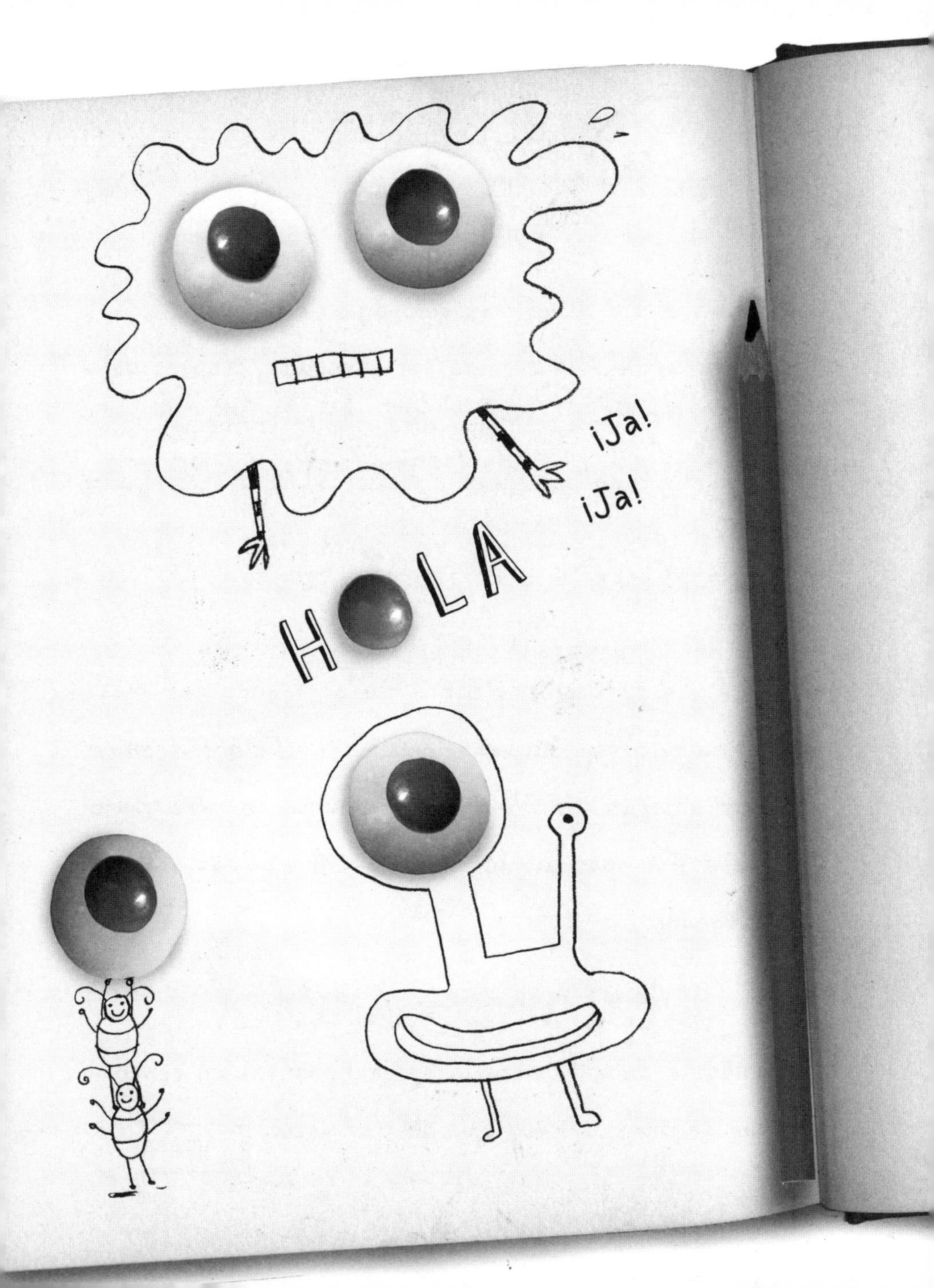
¡Ja!
¡Ja!
HOLA

Espero que no le importe que haya añadido algunas hojas **EXTRA** al álbum. En las que me quedaban no CABÍA todo lo que quería dibujar.

¡Necesitaba MÁS HOJAS!

La fiesta de cumpleaños de mi madre fue más animada de lo que esperaba. ¡Tenía MUCHAS COSAS que dibujar! También he escrito algunos comentarios MUY útiles al lado de los dibujos para EXPLICARLO TODO.

Y, ahora que ya se encuentra mejor, sería genial que dijera algo como:

VAYA, qué TRABAJO tan IMPRESIONANTE ha hecho TOM. Se merece la MEJOR nota de la CLASE.

(Es un ejemplo).

(Puede ser con otras palabras...).

En la FIESTA de CUMPLEAÑOS de mamá

he visto MUCHAS EXPRESIONES INTERESANTES.

No puedo dibujarlas todas, PERO SÍ ALGUNAS...

Los **PLASTIC CUP** son un grupo del año catapún, por si no lo sabía.

(Tocaba con los
PLASTIC CUP).
El padre de Derek
cuando le enseñó
su camiseta
al padre de June.
Súper
FAN
PLASTIC
CUP
Derek, AÚN
avergonzado.
June, igual que
siempre.
Mi madre
SONRISA
Mamá,
contenta
CON MI
regalo.
Yo, contento
porque soy
el mejor HIJO
DEL MUNDO.
SONRISA FORZADA
EXPRESIÓN de mamá
cuando los tíos le
regalaron UN JARRÓN
IGUALITO al que
tiró ella.

Delia, con su cara de SIEMPRE.

mi hermana

Según Delia, era un cuadro ABSTRACTO. Le pregunté a Derek en voz baja si eso era otra forma de decir «cuadro **MARCIANO**», de lo raro que era.

La mejor expresión fue la de mamá cuando papá le dio su regalo de cumpleaños (el BROCHE DEL GATO con los OJOS ARREGLADOS... y un vale para unos ZAPATOS NUEVOS).

El broche superantiguo de mi madre	

Antes de arreglarlo	Después de arreglarlo

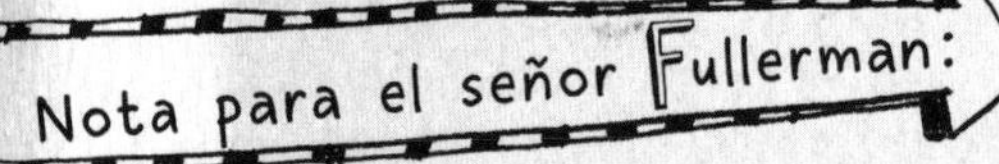

Este broche pertenecía a una antepasada de la familia (una tatarabuela de mi madre). No es lo que yo entiendo por un regalo ideal, pero papá hizo arreglar los OJOS para que fuera un poco MENOS ridículo, y mamá está contenta. Y papá también.

No puedo decir POR QUÉ papá está tan contento, por si mamá lee esto.

(Y si lo estás leyendo..., ¡tranquila, mamá, que no es nada, de verdad!).

Este es Derek haciendo el ganso con los OJOS de chocolate. (Yo me guardé algunos para luego).

Pollo habría sido la MEJOR parte del cumpleaños de mamá SI NO hubiésemos hecho CARRERAS con las pelotas saltadoras.

Así saltaban papá
y el tío Kevin
por el jardín.

Estas son
algunas EXPRESIONES
de los que montaron
en las pelotas saltadoras.

INCLUSO Delia se animó.

(Las MOSCAS las he añadido yo...

¡Juas!).

¿Y CÓMO ERA el cuadro de Delia?

Para contestar a eso, he intentado reproducirlo

con un poco de PINTURA.

El cuadro de Delia (según YO).

He ensuciado un poco el papel, pero más o menos era ASÍ. Y el cumpleaños de mamá se acabó y este bloc de dibujo también se ha acabado. ☺

Espacio para poner una nota muy alta.

garabato de regalo

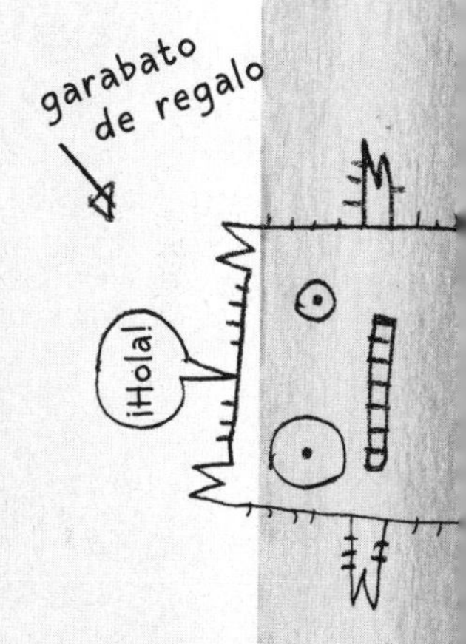

Perdón.

Tom:

Gracias por las hojas extra.

Me ha gustado mucho tu excelente bloc, lleno de caras y expresiones interesantes.

Te mereces una nota muy alta por todo el esfuerzo que has hecho.

¡Buen trabajo!

Una cosilla: ¡todavía no tengo tu redacción en forma de cuento!

Tendrás una nota más alta si me la entregas enseguida.

Señor Fullerman

(Por cierto, recuerdo perfectamente a los Plastic Cup. Eran muy buenos).

El señor Fullerman dice que tendré una nota ALTÍSIMA, y eso me hace muy feliz ☺.

ADEMÁS, me felicita delante de TODA la clase, cosa que por fin calla la boca a Marcus. (NO PARABA de recordarme las COSAS **GENIALES** que me había perdido por no ir al parque).

Pero AMY dice: «No fue PARA TANTO. Además, nos marchamos enseguida».

Y yo les cuento cómo encontré el broche de mamá Y TAMBIÉN los DOS álbumes de los **PLASTIC CUP**, que valen UN MONTÓN de dinero.

AMY está alucinada.

¡Hala! Marcus finge que no lo está. Bah.

Después dice que quiere MIRAR mi BLOC DE DIBUJO. Por una vez le digo que sí. Lo hojea un poco y dice: «No está mal, Tom, pero podrías PARAR de dibujarme como un TROL. No tiene gracia».

«Como quieras, Marcus», le digo.

Mi CUENTO

El pequeño trol repelente,

por Tom Gates

Había una vez un pequeño trol que era un sabihondo. Los otros troles estaban hartos de oírle decir UNA Y OTRA VEZ que era el trol más listo del MUNDO. Además, COPIABA las ideas de los demás troles y luego iba diciendo que eran SUYAS.

Esta carpeta de cómics es idea MÍA.

Un buen día, el pequeño trol repelente decidió gastarle una broma a todo el mundo y GRITÓ:

¡VENID! ¡VENID!
¡Un monstruo ENORME me ha atrapado y VA A COMERME!
¡SALVADME! ¡SOCORRO!

TODOS los troles CORRIERON a rescatarlo.

Pero cuando vieron que era una BROMA, no se lo tomaron muy bien.

«Habéis caído como unos MEMOS.

¡No hay NINGÚN MONSTRUO!», les dijo.

Los otros troles se retorcían...

(pero DE RABIA).

Un día apareció de verdad un ENORME MONSTRUO HAMBRIENTO. Cuando los troles lo vieron acercarse por la espalda al pequeño trol repelente, quisieron avisarle (porque eran unos troles amables).

¡CORRE, CORRE! ¡Hay un monstruo ENORME que quiere COMERTE! ¡Está detrás de ti! ¡VETE, rápido!

Pero el pequeño trol (repelente) dijo:

«No pienso picar con este truco tan VIEJO.

¿Me habéis tomado por un MEMO?

Soy pequeño, pero también muy...».

Eso dijo el monstruo

mientras se metía

en la boca al pequeño trol repelente.

FIN

Como ya he terminado mi cuento, me pongo a zapear por todos los canales de la tele y de repente me encuentro con uno de los programas preferidos de mamá: RESTAURADORES DE TESOROS. Ya estoy a punto de cambiar de canal cuando, DE PRONTO, algo me llama la ATENCIÓN. Hay un señor con un broche de un GATO muy parecido al de mamá.

¿Y si es...?

Me fijo mejor y veo que sí que es igual que su broche.

El EXPERTO está diciendo algo y ESCUCHO con atención...

Se trata de un ejemplo MUY curioso de un BROCHE DE GATO confeccionado por el prestigioso joyero **Froubergé.**

Parece que los OJOS del gato se hayan estropeado, pero así es como se diseñó este broche. El modelo era el propio **GATO** de **Froubergé**, que era bizco.

POR SUERTE, veo que los OJOS de ESTE gato son perfectamente bizcos y nadie los ha «ARREGLADO» por error, así que este broche va a ser un artículo muy apreciado por los coleccionistas. Con los OJOS enderezados sería MUCHO menos valioso.

¡Así que... *enhorabuena*!

Glups...

¿Será muy difícil volver a poner
bizco al gato?
Me voy corriendo a decírselo a papá...

Cómo hacer una carpeta de cómics

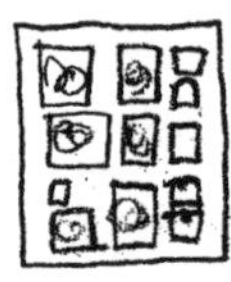

Necesitarás: TRES páginas de un cómic para hacer una carpeta grande.

Cinta o cordel.

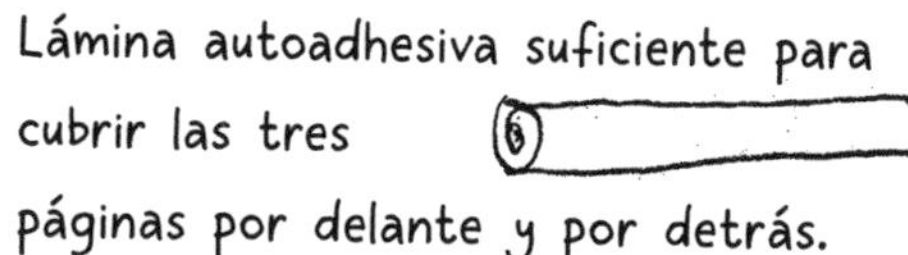

Lámina autoadhesiva suficiente para cubrir las tres páginas por delante y por detrás.

Tijeras

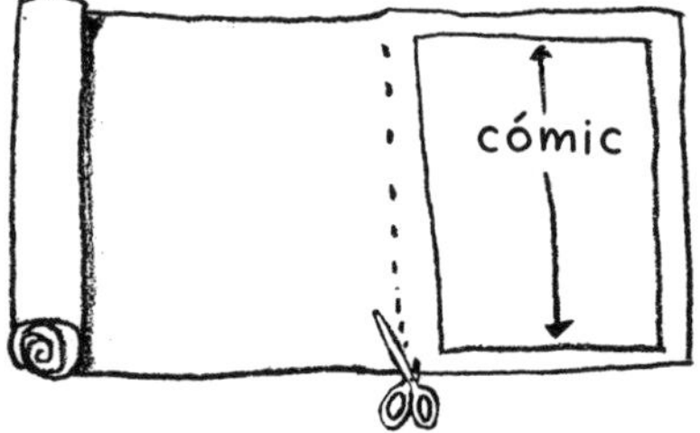

1. Recorta SEIS trozos de L.A. (lámina autoadhesiva), un poco más grandes que las páginas del cómic.

2. Retira el papel de la L.A.

(Pide ayuda a un adulto, porque esta parte puede ser difícil. La superficie de trabajo tiene que estar muy limpia, ¡sin migas de galleta!).

cómic

parte adhesiva arriba

3. Coloca la página de cómic sobre la L.A. Empieza por un extremo y pasa la mano sobre el cómic CON SUAVIDAD conforme vayas avanzando.

4. Haz lo mismo con LAS TRES páginas.

5. RECORTA las esquinas así.

6. Gira el cómic y dobla los bordes.

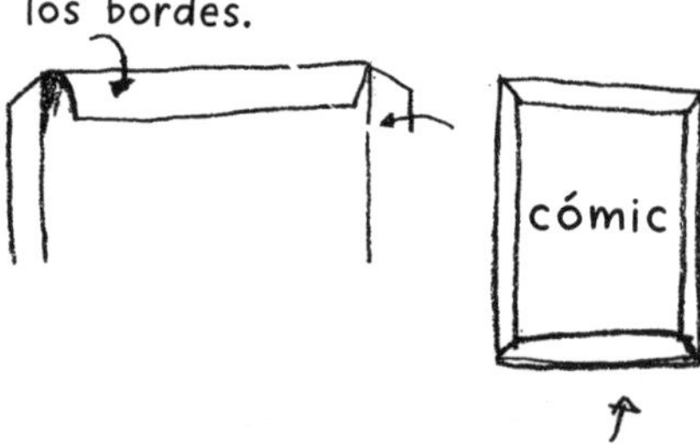

Cada página va a quedar así:

7. Repite el proceso con la otra cara del cómic.

8. Cuando acabes, tendrás TRES páginas forradas por delante y por detrás. Ahora es el momento de juntarlas.

9. Elige la página que hará de portada. Después, recorta una tira de L.A. y pega dos páginas. Recorta o dobla las puntas de la tira.

10. Para hacer el bolsillo interior, dobla la tercera página por la mitad.

11. Colócala dentro, en la parte derecha (con el pliegue ARRIBA).

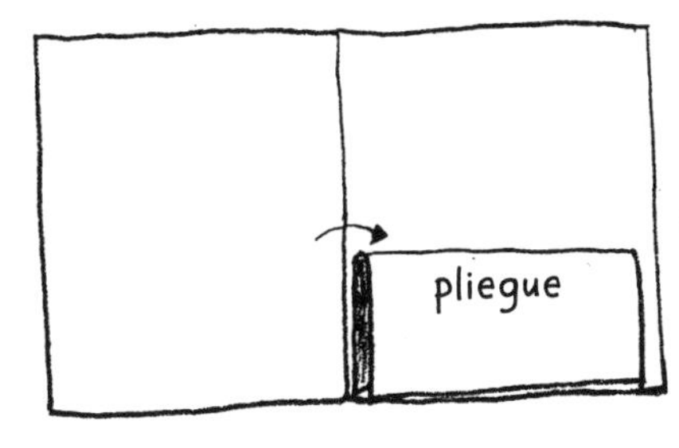

Para pegar el bolsillo, recorta MÁS tiras de L.A.

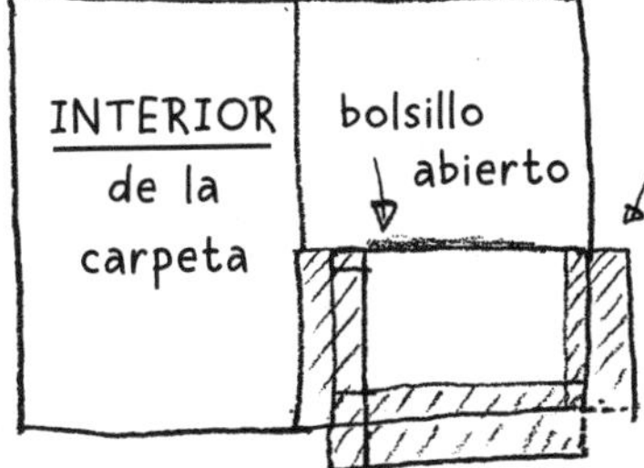

12. Dobla los bordes de la L.A. y pega el bolsillo en su sitio.

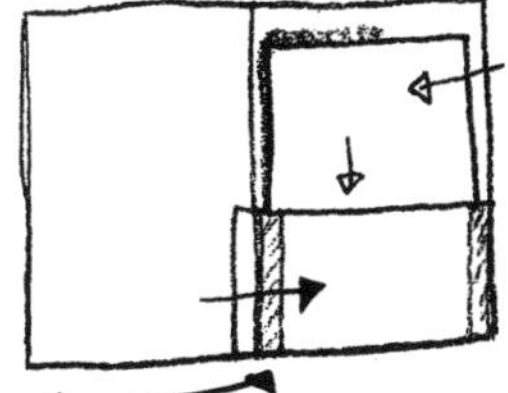

Quedará así:
(Tiene que caber un folio).

13. Cierra la carpeta y haz un AGUJERO en el medio que atraviese las dos caras, cerca del borde. Pasa la cinta o el cordel por dentro para CERRARLA.

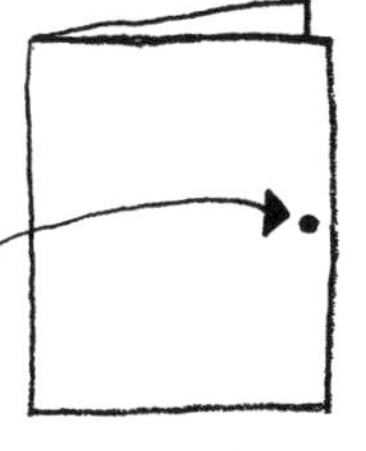

¡TU CARPETA DE CÓMICS!

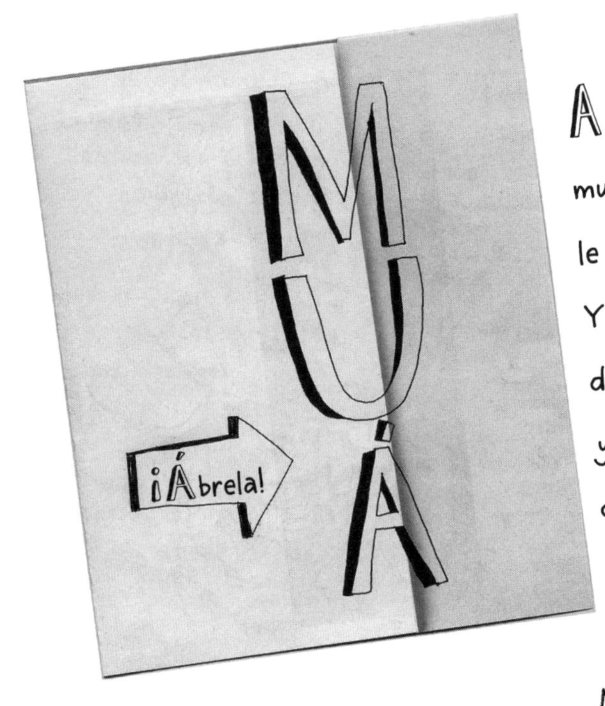

A mamá le ha gustado mucho la tarjeta que le he hecho.
Y también la CARTERA de cómics (más pequeña y más fácil de hacer que una CARPETA).

tarjeta alucinante (modestia aparte)

¡Visita el sitio web de Tom Gates!

(en inglés)

www.scholastic.co.uk/tomgatesworld

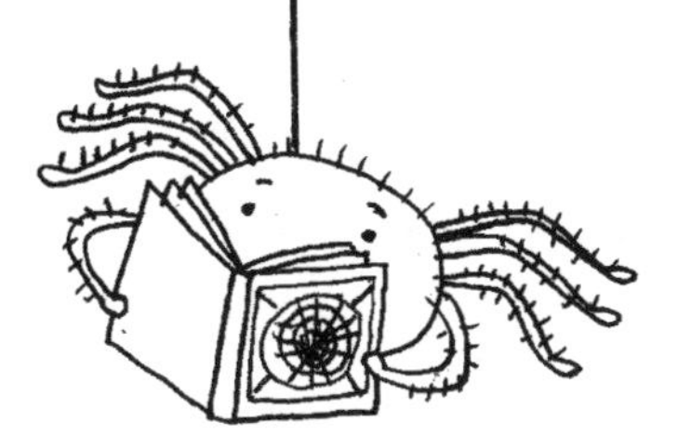

Cuando Liz Pichon era pequeña,

le encantaba dibujar, pintar y crear.

Su madre siempre decía que su especialidad era dejarlo todo patas arriba (¡y ahora sigue siendo verdad!).

Nunca dejó de dibujar, y estudió Bellas Artes antes de graduarse en diseño gráfico. Después trabajó como diseñadora y directora artística en el mundo de la música, y sus trabajos han aparecido en una gran variedad de productos.

Liz es autora e ilustradora de diversos álbumes infantiles. La de Tom Gates es la primera colección que ha escrito y dibujado para niños mayores. Estos libros han ganado premios importantes de narrativa infantil, como el Roald Dahl, el Waterstones y el Blue Peter, y se han traducido a treinta y seis idiomas.

La encontrarás en: www.LizPichon.com

El genial mundo de
TOM GATES
¡LÉELO si quieres troncharte!
L. Pichon
¡YA ESTÁ AQUÍ!
TOM GATES
MEGA álbum GENIAL
¡CON UN MONTÓN DE SORPRESAS GENIALES!
L. Pichon
TOM GATES
Excusas perfectas
(y otras cosillas geniales)
¡Yo!
L. Pichon
TOM GATES
Festival de GENIALIDADES
(más o menos)
L. Pichon
TOM GATES
IDEAS
(casi)
GENIALES
L. Pichon
TOM GATES
Todo es GENIAL
(y BESTIAL)
L. Pichon
TOM GATES
SÚPER PREMIOS GENIALES
L. Pichon
Una SUERTE (un poquito) GENIAL
TOM GATES
L. Pichon
¡Sube!

Los **NUEVOS** pasos de baile de Pollo son geniales (¡y bestiales!).

Mamá ha colado
esto aquí.
cereal
despistado
las nuevas
galletas de dientes
de la abuela
¡Ñam!
GALLETA